Mathieu Guibé, né à Poissy (78), est un jeune docteur en éth[illegible] s de fées, il s'é[illegible] s blouses blanc[illegible] s dans des unive[illegible] s son premier ro[illegible] e intitulé *Atala*[illegible], il réinvente la guerre séculaire entre anges et démons. Il s'est depuis essayé à la scénarisation de manga, avec *Pity*, conte moderne parlant d'un adolescent qui peut prédire les tragédies à venir mais dont la faculté devient bientôt malédiction lorsque ses proches le rejettent.

Il s'est depuis illustré dans l'écriture de formats courts avec une première version de son recueil de nouvelles *Germ-in-es[SENS]ce*, une participation à l'anthologie *Hommage à Sir Terence* dont sa nouvelle *Taux d'écolémie mortel* a été jusqu'en final du prix merlin 2012 puis un livre de contes *Quintessence Hiémale*, co-écrit avec Cécile Guillot. Il occupe depuis juin 2012, le poste de directeur de collection aux éditions du chat noir pour la collection Black Steam.

En 2013, il revient à ses premières amours d'auteur avec la publication de son nouveau livre, une romance gothique intitulée *Even dead things feel your love*.

MATHIEU GUIBÉ

À UN SANGLOT DE MOI, TU REPOSES.

ÉDITIONS
LOKOMODO

Collection dirigée par Peggy Van Peteghem

Illustration de couverture :
Alexandra V. Bach

Relecture :
Nicolas Soffray

Mise en page intérieure :
Tristelune Production LTDA

4 impasse du Nord 78510 Triel-sur-Seine

ISBN : 978-2-35900-172-3
Dépôt légal : mai 2013

À toutes les personnes qui me manquent,
Qui m'ont aidé à me construire
Jusqu'à leur départ...

Et à celles qui ne sont pas encore arrivées...

Dans l'ombre d'un géant

« Bienvenue sur MTV Hits. Ici Rebecca Sterling, en direct du Madison Square Garden. Vous pouvez actuellement voir derrière moi des hordes de fans se précipiter à l'intérieur du bâtiment. Ce soir, la ville de New York accueille un concert de légende, qui sera l'ultime performance des Unfaithfull, un groupe mythique formé par quatre jeunes amis issus de la banlieue de Detroit, rapidement devenus, en l'espace de quelques années, les porte-parole mondiaux de la nouvelle génération. Le groupe n'a jamais aussi bien porté son nom, puisque leur séparation fait suite à l'ambition du chanteur et leader, Derek Hawkins, de poursuivre une carrière solo. Le show de ce soir est donc le point final d'une tournée d'adieu organisée

dans la précipitation, après l'annonce subite du départ de Derek. La rumeur voudrait que les autres membres aient appris la nouvelle lors de la conférence de presse organisée par le chanteur en juin dernier et n'auraient en aucun cas été prévenus de cette séparation. Les tensions au sein du groupe, à leur paroxysme, auraient-elles poussé Derek à venir seul, de son propre côté ? À son arrivée, lui qui était l'idole du public, s'est fait siffler par un cortège de fans, qui voient dorénavant en lui la raison de la séparation de leur quatuor favori. Sa carrière solo n'ayant même pas encore commencé, Derek Hawkins pourrait bien s'être déjà brûlé les ailes à vouloir voler trop haut. »

Mes doigts tremblants parvinrent à trouver le bouton de la télécommande pour couper le son. Sur l'écran, j'observai, à présent, les lèvres de la journaliste poursuivre leur danse muette. Néanmoins, cela ne m'empêchait pas de voir en arrière-plan les fans brandir avec véhémence des messages de haine destinés à Derek : « L'enfer pour ta traîtrise », « Derek sale traître », « Judas Hawkins » et d'autres encore.

Si je pouvais les lire alors lui, qui était assis à côté de moi, le pouvait également.

Pourtant, il ne dit rien et le silence de mort qui régnait dans les loges se poursuivit. Il se servit un énième verre de whisky, provoquant ainsi la colère de son coach vocal. Sa seule réponse fut d'ingurgiter l'intégralité du liquide ambré d'une seule traite. Contrairement à ce que prétendait la journaliste, Derek était bel et bien avec nous, mais l'ambiance, elle, n'était plus là. Je nous revoyais accorder nos instruments pour la première fois, dans le garage des parents de James. On avait quinze ans et la vie devant nous. On ne se prenait pas au sérieux, sauf Derek. La musique avait toujours été sa seule et unique passion. Et nous trois, James, Roger et moi-même étions prêts à l'accompagner jusqu'au bout du monde. Et nous l'avions suivi jusqu'ici.

La porte des loges s'ouvrit, laissant passer la tête d'un roadie.

« En scène dans deux minutes ! »

Le reste du staff savait ce qu'il avait à faire et tout le monde quitta la pièce, nous laissant seuls. James et Roger se rapprochèrent et bras dessus, bras dessous, nous formâmes notre cercle traditionnel, sempiternel rituel d'avant-concert. Derek, qui d'habitude prononçait quelques mots, demeura silencieux. Son haleine empestait l'alcool et il semblait déjà à bout de souffle. Nous supportions son corps tremblant et j'avais le sentiment que si nous retirions nos bras maintenant, il s'effondrerait sur le sol, à la limite du coma éthylique.

« Derek, tu es sûr que tu veux faire ça ? »

Il releva la tête, me regarda droit dans les yeux et me dit d'une voix sereine :

« Pour la dernière fois, allons réveiller les dieux ! »

Dans le couloir obscur des coulisses, les acclamations de la foule se faisaient de plus en plus fortes. Pourtant, je n'entendais que les battements de mon cœur, comprenant à peine les mots d'encouragement de la part du staff qui bordait notre chemin. Au bout, un fragment de scène éclairé se devinait au-delà du rideau, tout comme cette marée humaine qui, pour la dernière fois, nous porterait au firmament. Sous les applaudissements de la foule et les cris déchaînés, nous fîmes notre entrée sur les planches et prîmes position derrière nos instruments respectifs. Seul le pied de micro du chanteur demeurait orphelin, au milieu des projecteurs. Derek apparut enfin, déclenchant ainsi les sifflements du public. Ce fut une véritable huée. Alors qu'il tenait à peine debout il y a deux minutes, il s'imposa avec panache face à cette haine collective. Sa charismatique stature magnifiait son ombre que la poursuite dessinait sur la scène, l'étirant jusqu'à lui donner des allures de géant. Derek émit alors un cri qui monta dans les aigus dont seule sa voix avait le secret. La foule se tut subitement, le calme avant la tempête. L'esprit de la musique venait d'être invoqué et il prit possession de chaque âme ici présente. Une salve d'applaudissements remplaça aussitôt les insultes et nous commençâmes à jouer. Ce soir-là, nous ne réveillâmes aucune divinité, puisque, en entrant dans la légende, nous devînmes nous-mêmes des dieux.

*

« *Ici Rebecca Sterling en direct du parquet de New York. Le chanteur très controversé, Derek Hawkins, vient encore d'écoper d'une peine de prison, commuable en travaux d'intérêt général, pour avoir insulté les forces de l'ordre chargées de la sécurité lors de son dernier concert. Il a, de plus, l'obligation d'effectuer une énième cure de désintoxication. Depuis la séparation des Unfaithfull, Derek Hawkins a passé, au cours de ces sept dernières années, plus de temps en procès qu'en studio et malgré des albums salués par la critique, ses frasques à la une des tabloïds et ses contre-performances sur scène ont lassé le public. Aujourd'hui, la carrière du chanteur semble être au plus bas, tout comme sa santé. Certains lui prédisent déjà une fin tragique à la Jim Morrison, les regrets de ses admirateurs en moins...* »

Mes doigts tremblants trouvèrent les boutons de la télécommande et je changeai de chaîne. Je n'osai éteindre totalement la télévision car elle était, la plupart du temps, de bonne compagnie. Fréquemment, elle me permettait de revoir Derek, d'écouter ses chansons et j'en souriais. Mais ce genre de reportage me faisait de la peine, je ne supportais pas l'évocation de son autodestruction, d'autant plus que j'en connaissais la raison.

Les technologies avaient rapidement évolué et en tant que personnages publics, nous avions toujours lutté pour le respect de la vie privée, mais maintenant, il était courant que les stars vendent leur intimité sur les réseaux sociaux de la toile. Je surfais fréquemment avec mon ordinateur portable. Je n'avais vraisemblablement pas coupé les ponts avec les Unfaithfull et je me rendais régulièrement sur les sites de fans pour épier les conversations qui s'y tenaient. Bien souvent, les messages d'insultes et les critiques à l'encontre de Derek engendraient de houleux débats avec un noyau solide d'irréductibles admirateurs. Mais le reportage d'aujourd'hui fut la goutte d'eau. Je ne pouvais plus rester spectateur, mes doigts fébriles se posèrent sur les touches de mon clavier et j'écrivis ce que je cachais depuis plus de sept ans : la vérité, oui, la vérité.

« *Aux nombreux fans qui nous ont aimés et à ceux qui nous aiment encore, la presse et les médias ont colporté de nombreuses rumeurs sur notre séparation. En mettant en avant les ambitions de Derek, ils l'ont transformé en un personnage égoïste et méprisable. La vérité est que Derek est l'ami le plus sincère que je possède. La vérité est que le groupe ne s'est pas séparé pour satisfaire ses désirs personnels. Il a juste accepté d'endosser ce mensonge et la haine inévitable qui y serait liée, perdant ainsi l'amour de ceux qui étaient le plus importants à ses yeux : vous, les fans.*

Je suis atteint d'une maladie rare qui provoque des dégradations au niveau cérébral et me diminue physiquement. Les premiers effets m'ont fait perdre ma dextérité. Dès lors, il m'était impossible de continuer en tant que guitariste au sein du groupe. J'ai, dans un premier temps, proposé de les quitter. Les autres membres ont décidé à l'unanimité que sans l'un de nous quatre, les Unfaithfull n'avaient aucun sens. Ainsi, la séparation était inévitable. Même Derek, acceptant la seule issue, semblait prêt à mettre un terme à sa carrière. Il ne s'était jamais imaginé monter sur scène sans nous. Nous savions tous qu'il était fait pour la musique... Nous savions tous qu'il n'était fait que *pour la musique. Je lui ai dit que je ne supporterais pas qu'il arrête à cause de moi. Au fond de lui, il désirait ardemment continuer.*

Roger a alors mentionné que la fin du groupe braquerait l'attention des médias sur ma maladie et ferait de ma vie, et celle de ma famille, un véritable enfer. Derek décida personnellement de prendre la responsabilité de cette séparation en organisant secrètement une conférence de presse. Il m'a sauvé de l'acharnement médiatique et nous l'avons tous lâchement laissé faire.

Aujourd'hui, ma maladie a progressé. Elle est incurable. Écrire ce message m'a pris un temps fou. Je ne vous demande pas de pardonner mon ami pour ses écarts de conduite mais ne passez pas à côté de son génie musical. Ma situation est sans espoir, j'ose croire que ce n'est pas le cas pour celle de Derek. Merci à tous les fans qui nous ont aimés et qui nous aiment encore. »

*

« Cela va bientôt faire cinq ans que le public apprenait la vérité sur la séparation des Unfaithfull, provoquant un retournement de situation en faveur du très controversé chanteur, Derek Hawkins. À cette période, sa carrière était au plus bas, mais depuis chacun de ses albums caracole en tête des charts dès sa sortie. Seul son goût prononcé pour la provocation, l'alcool et la drogue n'a pas changé. Malgré tout, à la veille de la mise en vente de son nouvel opus, les files d'attente sont longues devant les disquaires qui ouvriront tout spécialement ce soir, à minuit. En exclusivité pour CNN, voici l'objet en question. C'était Rebecca Sterling en direct… »

Mes doigts tremblants perdirent la télécommande qui atterrit au sol, totalement inaccessible. Une main s'en saisit et éteignit le téléviseur.

« Ils n'ont pas choisi mon meilleur profil pour la pochette de l'album », dit simplement une voix douce mais vieillie par l'alcool et la cigarette.

« Derek, tu es venu ! »

James et Roger, qui étaient déjà là dans ma chambre d'hôpital, s'approchèrent de Derek et se donnèrent l'accolade. Sur ma demande, ils étaient tous venus, même si la présence de Derek avait été incertaine jusqu'au dernier moment. Au final, nous étions tous réunis pour la première fois depuis des années.

« Alors pourquoi tu nous as fait venir aujourd'hui ? Ça a l'air d'aller toi.

— Et pourtant… dernière ligne droite. »

Un silence gêné s'installa rapidement. Derek n'osa pas me regarder, il s'approcha de la fenêtre et ne dit pas un mot.

« Je ne vous ai pas fait venir pour ça... J'ai une énorme faveur… »

Je parlais avec difficulté, au point de ne pas savoir si j'étais compréhensible. Leur visage gêné ne m'aidait pas à le découvrir.

« Avant de partir… une dernière fois… tous les quatre… sur scène… »

Leur expression passa de la gêne à la surprise la plus totale et Roger fut le premier à réagir.

« Tu es sûr de pouvoir remonter sur scène ?

— Mon affaire… »

James vint me soutenir.

« Il a l'air assez en forme pour se dresser sur une scène. Il n'aura pas besoin de jouer, on passera des bandes. Je crois que pour lui, pour nous, pour le public, l'intérêt n'est pas là.

— Oui… », confirmai-je.

James et Roger s'interrogèrent du regard puis se tournèrent vers Derek.

« Et toi, tu en penses quoi ? »

En guise de réponse, Derek, qui leur tournait le dos, renifla de manière évocatrice. Roger se précipita vers lui et le retourna vivement, en l'attrapant par le col.

« J'hallucine, tu es venu nous voir défoncé ! Ça fait dix ans qu'on te voit devenir de plus en plus misérable. Au début on avait honte de nous, on pensait que c'était le seul moyen que tu avais trouvé pour supporter la haine des fans. Mais même lorsque tout ça s'est arrêté, tu n'as fait aucun effort pour t'en sortir. T'es qu'un putain de junkie. Tu as tout Derek : le talent, les fans, l'argent. Tu n'as aucune excuse…

— Aucune excuse, la sentence est la mort… »

Roger lui décocha un direct du droit et un second aurait suivi si James n'était pas parvenu à s'interposer.

« Tu veux mourir ? Tu oses dire ça devant ton pote qui est sur son lit de mort ! Il a dix fois plus de courage que toi, alors si tu veux crever, laisse-lui ta place ! Il la mérite plus que toi, la grande star.

— Et tu crois que je n'ai pas essayé ! Chaque jour que Dieu fait, j'essaie de m'attirer les foudres de cette injustice. Pourquoi lui est ici à s'éteindre à petit feu, alors que moi je poursuis ma carrière ? Pourquoi cela devrait lui arriver, à lui seul ? C'était à la vie à la mort entre nous alors pourquoi je suis le seul à continuer... Je n'arrive pas à m'arrêter, je n'y arrive pas… »

Nous restâmes stupéfaits, moi le premier. Si Derek avait tenté de s'autodétruire, c'était à cause de moi et non des fans. Il m'avait accompagné dans la maladie par les moyens qu'il avait trouvés car il n'avait jamais réussi à accepter ma vie d'hôpital et l'issue fatale qui m'attendait. James reprit la parole tandis que Roger retrouvait son calme, aussi ému que moi.

« Ça a toujours été comme ça, Derek. En musique, il y avait toi et puis nous. C'est parce qu'en amitié nous étions tous au même plan que nous t'avons suivi si loin. Mais de nous quatre, tu étais le seul à avoir des ailes et nous, nous restions au sol, dans ton ombre. On le savait tous et on l'avait tous accepté avec beaucoup de bonheur. Ça a toujours été une évidence pour nous que tu ne quittes pas le monde de la musique. Derek, tu n'as pas poursuivi seul. Avec toi, tu portais tous nos espoirs et aujourd'hui, ton ami te demande une dernière faveur : tu es le seul à pouvoir nous ramener là-haut. Le seul. »

*

« Bonsoir, je suis Rebecca Sterling, bienvenue dans le journal du soir. Cette édition sera raccourcie pour laisser place à la retransmission, en direct, du concert événement des Unfaithfull. Il y a voilà un peu plus de cinq ans, nous en apprenions plus sur les raisons de la séparation de ce groupe de légende, ôtant alors aux fans tout espoir d'une éventuelle reformation. Mais il y a quelque mois, à la surprise générale, les anciens membres ont annoncé un concert ultime. Le live de ce soir est gratuit et, en avant-première, les fans pourront se procurer le nouveau et ultime single du groupe « Dans l'ombre d'un géant », écrit et composé par le leader Derek Hawkins. L'ensemble des ventes du single ainsi que des produits dérivés sera reversé à la recherche médicale. Le public provenant des quatre coins du monde s'est déplacé en masse. Le concert sera retransmis dans plus de trente pays et en exclusivité sur notre chaîne. Opération commerciale ou réels adieux, une seule question demeure : la légende peut-elle revivre ? »

« Deux minutes ! »

Le rituel reprit comme si c'était hier. Tous les quatre, en cercle. Derek, qui était parfaitement sobre et clean, nous regarda et déclara simplement :

« Jusqu'au firmament. »

James poussa mon fauteuil. Il avait été décidé que je devais faire le moins d'effort possible. Dans le couloir sombre, la clameur du public se fit de plus en plus forte et tout au bout, une intense lumière éclairait la scène. Les ombres du staff nous applaudissaient et nous encourageaient comme à chacun de nos concerts passés. Puis soudain, alors que nous étions à deux pas de l'arène, toute l'équipe accourut dans notre direction. Leur expression s'était modifiée, tous semblaient inquiets. Je n'entendais plus les fans mais seulement les battements de mon cœur. Apparemment, j'avais du mal à respirer et un médecin s'approcha de moi.

« Je dois l'emmener à l'hôpital d'urgence !

— Très bien, répondit notre manager, je vais annoncer l'annulation du concert. »

Je puisai dans mes dernières forces pour attraper le poignet de Derek et captai son attention. Je ne pouvais pas lui parler car on m'avait plaqué un masque à oxygène sur le visage, mais il comprit. Alors que le manager faisait son annonce, récoltant les huées du public, Derek apparut sur scène et se saisit du micro. Il escalada un caisson d'enceintes et toisa la nuée de fans de son regard sauvage. Il poussa un cri dont seule sa voix avait le secret et leva les bras au ciel pour exhorter la foule. Il ne le faisait pas pour lui, ni pour l'auditoire, mais pour moi. Tout mon corps se mit à vibrer sous les acclamations des adorateurs. Je me sentis encore une fois vivant. James et Roger le rejoignirent sur scène et, ensemble, ils entamèrent la nouvelle chanson. C'était la plus belle ballade qu'il ait jamais composée. Elle parlait de nous, avec sincérité et tendresse. Par ce titre, il nous rendait immortels ; ainsi, nous serions portés, de génération en génération, par la musique.

La poursuite découpait la silhouette féline de Derek et projetait son ombre, l'étirant sur le sol, lui donnant des allures de colosse. Je me situais exactement à l'intérieur, dans l'ombre d'un géant… Je fermai les yeux.

Mes doigts tremblants trouvèrent le bouton de la télécommande et j'éteignis le téléviseur.

Dans l'ombre d'un géant… Je n'aurais pu rêver meilleure place. Ici, même dans cette obscurité, on ressent la douce chaleur de l'amitié.

FIN

La Princesse des Neiges

Aux confins des terres septentrionales, là où la lande était en permanence recouverte d'un blanc linceul de neige étincelant, la vie s'était faite rare et précieuse. Sous les branches épineuses des grands sapins bleus centenaires, les troupeaux de rennes nomades parcouraient la forêt alors que la blanche hermine se jouait du renard polaire affamé. Ces espèces s'étaient bien adaptées à ce rude environnement mais elles n'étaient pas les seuls habitants de ce désert de glace.

Par orgueil, l'homme était venu coloniser cette toundra hivernale et ne subsistait dans ce blizzard qu'au prix de nombreux sacrifices. La poignée d'humains qui vivait dans le royaume du Nord était appelée *le peuple de Cristal*. À leur tête régnait le roi Enshamet, marié à la reine Manen. Tous deux formaient un couple aimé et respecté par leur peuple. Un somptueux palais de glace pouvant résister à la chaleureuse caresse du soleil avait été érigé pour leurs ancêtres. Ils auraient pu y vivre dans le plus parfait bonheur malgré la rudesse du climat, si seulement une ombre ne demeurait pas. En dépit de leurs nombreux efforts, ils ne parvenaient pas à concevoir un héritier, ce qui désespérait la reine. À la pleine lune, emplie de chagrin, Manen implora l'astre nocturne d'entendre ses prières : donner un enfant à son mari. La reine passa la nuit dehors, défiant le froid et scrutant les étoiles pour y déceler le moindre scintillement en guise de réponse.

Au réveil, son corps gelé fut retrouvé sur le toit du palais. Recroquevillée sur elle-même, elle serrait dans ses bras un bloc de glace comme elle aurait tenu un nourrisson contre son sein. Le roi, meurtri et désemparé, se saisit du corps de sa femme ainsi que de son triste legs puis alla s'enfermer au sommet de la plus haute tour du palais. Formé, comme son peuple, à l'art ancestral de la sculpture, le roi édifia un somptueux mausolée de gel pour y placer, dans un cercueil de givre transparent, sa défunte épouse. Il avait travaillé sans relâche pendant une semaine, sans dormir ni manger, ne se nourrissant que d'alcool pour noyer son chagrin. Pour parachever son œuvre, Enshamet sculpta le glaçon retrouvé dans les bras de son épouse. Il lui donna la forme d'un nouveau-né. Seules l'apparence d'un cristal de glace et l'immobilité de l'enfant dénaturaient le réalisme de la statue. Le roi plaça l'enfant sur le cercueil de sa mère et, ressentant enfin le poids d'une fatigue immense, s'endormit en observant le visage de Manen.

Pendant le sommeil du roi, survint un événement extraordinaire. Manen, la reine endormie, se réveilla et comme un fantôme, s'extirpa de son cercueil. Elle porta un regard attendri sur son mari et sans le réveiller s'approcha de l'enfant de cristal. Elle le prit alors dans ses bras et lui chanta une berceuse. Dans le ciel, une aurore boréale ondulait au rythme de la mélodie telle des notes de lumière, un spectacle de couleurs chatoyantes sublimant la parure de la voûte céleste. Manen conclut ainsi sa chanson :

« Ô toi mon enfant, notre bien généreuse lune a consenti à ta naissance en échange de ma venue. Notre déesse aspire au repos éternel autant que je désire ta naissance. Alors pour que tu puisses vivre, je deviendrai la nouvelle Lune et même si jamais nous ne nous rencontrerons, je veillerai sur chacune de tes nuits. Je te confie maintenant à ton père, il saura t'aimer pour nous deux. »

Manen déposa un baiser sur le front de l'enfant et sur celui de son mari puis s'évapora alors en volutes lumineuses qui gagnèrent l'astre lunaire. Après son départ, le roi Enshamet fut réveillé par les cris d'un bébé. Il ouvrit les yeux pour découvrir une petite fille, de chair et de sang, posée sur le cercueil face à lui.

«Mais… Par quelle magie ? »

Le roi se défit de sa cape et y enveloppa l'enfant qui ne semblait pourtant pas souffrir du froid. Les yeux d'un gris opalin du nourrisson trouvèrent le regard embué de larmes du seigneur.

« Je ne sais quel Dieu remercier de m'avoir apporté un si beau cadeau après les avoir tant insultés de m'avoir privé de mon aimée. Dorénavant, je n'aurai pour unique but dans la vie que de prendre soin de toi, ma fille. Toi qui es née de la glace, tu te prénommeras Lumi. »

Seize années avaient passé. Le roi avait trouvé le réconfort nécessaire dans le sourire de son enfant. Lumi était devenue une jeune fille sublime aux charmes presque divins. Une chevelure d'un blanc très clair s'accordait avec la peau diaphane de son visage. Ses yeux aux iris argentés qui pétillaient de malice en permanence et son sourire enfantin réchauffaient les cœurs des hommes de Cristal. Contrairement à eux, la princesse n'avait nul besoin de se vêtir de vêtements chauds et de fourrures. Le froid ne semblait pas avoir d'effet sur elle, aussi se promenait-elle, en journée, toujours habillée d'une robe blanche dont la simplicité reflétait la pureté même de sa personnalité. Le soir venu, elle revêtait une toilette aux couleurs de la nuit qui s'accordait à la teinte de son vague à l'âme.

Car bien qu'elle fût le rayon de soleil de son père, le roi la surprotégeait. Elle avait à peine le droit de sortir du palais et encore moins de l'enceinte de la cité. Le désir irrépressible d'aller découvrir le monde s'était ancré en elle et n'avait cessé de croître, chaque soir passé à contempler les steppes lointaines de son balcon. Aussi, quelle ne fut pas sa joie lorsqu'une délégation de pêcheurs venant du sud vint présenter ses respects au roi son père. Elle aurait enfin l'occasion d'en apprendre plus sur le monde hors de ces murs, en questionnant ces étrangers. Cependant, elle était loin d'imaginer à quel point elle allait apprécier leur présence.

Le jour venu, Lumi se cacha derrière l'une des colonnes de la salle du trône. Bien que faite de glace, le givre qui la recouvrait dissimulait la princesse. Seul un œil attentif aurait pu distinguer son ombre derrière ce pilier. Discrètement, elle épia la procession des trois ambassadeurs. Ils étaient grands, minces et très différents des hommes de Cristal. Ceux-ci étaient plutôt petits et trapus et arboraient pour la plupart une barbe sombre et fournie. Les visiteurs étaient, quant à eux, imberbes et avaient des cheveux très clairs, tout comme ceux de la princesse.

Son regard s'attarda sur le dernier des trois ambassadeurs. Il semblait plus jeune et au lieu de s'avancer dignement en suivant un protocole bien établi, son visage observait çà et là les ornementations de la salle du trône, affichant une expression de surprise et manifestant une curiosité prononcée. Il ne pouvait s'empêcher de sourire en découvrant les merveilles de ce palais et Lumi pensa qu'elle ressentirait exactement la même chose lorsqu'il lui parlerait de son propre royaume car en cet instant, elle venait de décider que c'était lui qu'elle interrogerait.

Soudain, ce qui devait arriver arriva. Promenant son regard dans toute la pièce, le jeune homme croisa les yeux de la princesse et, irrémédiablement attiré comme un aimant, il ne put s'en détacher. Il possédait des iris d'un bleu azur comme l'eau limpide d'un atoll mais la princesse Lumi ne pouvait pas faire la comparaison. Pour elle, c'était juste une couleur particulièrement envoûtante qu'elle n'avait jamais vue auparavant.

Enshamet se rendit compte de la chose et appela sa fille. Celle-ci fut bien obligée de sortir de sa cachette et de rejoindre son père, s'asseyant sur son propre trône.

« Je vous présente ma fille, la Princesse Lumi. »

Les trois hommes s'inclinèrent respectueusement devant la famille royale, non sans mal pour le plus jeune qui dut se résigner à enfin détacher son regard de l'héritière. L'un après l'autre, ils se présentèrent et quand son tour fut venu, il sembla s'adresser directement à la fille du roi :

« Je me prénomme Tasyon, je suis le représentant des pêcheurs de l'Île des vents printaniers. »

Rien que le nom de son île faisait rêver, mais Lumi était tout autant touchée, voire troublée, par le prénom du garçon. Pour la première fois de sa vie, elle sentit une douce chaleur s'insinuer sous ses joues. Ainsi, cette première rencontre scella le destin de la jeune princesse des neiges avide de découvrir un monde qui lui était interdit.

Quelques jours s'étaient écoulés et même si Lumi n'avait pas encore trouvé l'occasion d'approcher son jeune pêcheur, leurs regards et les sourires discrets échangés s'étaient faits de plus en plus complices. Enfin, entre deux rendez-vous diplomatiques, la princesse put glisser subrepticement à l'oreille de Tasyon une invitation à la rejoindre sur les toits du palais, à l'heure du coucher.

Le moment venu, le jeune homme retrouva la princesse sous un ciel dégagé qui laissait entrevoir une lune particulièrement dorée.

« Vous savez, il paraît que c'est ici que je suis née.

— Ah bon ? répondit simplement le jeune homme.

— Oui et je n'ai jamais quitté ce palais. Ma seule connaissance du monde extérieur me vient de ce point de vue. D'ici, je peux observer les forêts de conifères hors des murs de la cité, les plaines recouvertes de neige et le ciel du Nord…

— C'est un paysage merveilleux, Princesse.

— Je sais mais… Oh, je vous en prie, parlez-moi de votre île ! L'Île des vents printaniers, quel nom magnifique ! Nous ne connaissons même pas le printemps ici.

— Je viens d'un peuple constitué de pêcheurs depuis des générations. Nos ancêtres ont baptisé l'île ainsi, car au printemps, des vents violents agitent la mer suffisamment pour que nous devions rester à quai. Aussi, c'est l'occasion pour nous de nous consacrer à nos familles et de nous retrouver tous ensemble.

— Vous avez une famille ?

— Mes frères et sœurs. Nos parents sont décédés et je dois m'occuper d'eux. Heureusement, ils savent se débrouiller lorsque je suis en mer.

— Ma mère aussi est décédée. Elle n'a pas survécu à ma naissance alors je ne l'ai jamais connue, dit-elle d'un ton empreint de mélancolie. »

Tasyon demeura silencieux pour respecter le souvenir de sa mère.

« Vous n'êtes pas marié ? reprit la princesse.

— Non, répondit-il amusé. Je suis trop jeune encore. »

Il regarda la princesse directement dans les yeux et murmura alors avec audace :

« À défaut d'être en âge de me marier, si vous veniez visiter mon île, je pourrais au moins prétendre en avoir l'intention… »

La princesse rougit et baissa timidement le regard.

« Consentiriez-vous à me montrer votre île ?

— Je vous y emmènerai sur mon propre navire !

— Me le promettez-vous ? »

Le jeune homme glissa alors son doigt sous le menton de la jeune fille afin de lui relever la tête. Il s'approcha doucement de son visage et avant que ses lèvres n'effleurent celles de la princesse, il répondit par l'affirmative. Ainsi, d'un innocent premier baiser, ils scellèrent un pacte qui allait changer leurs vies.

Une lettre. Lumi n'avait laissé qu'une lettre à son père pour lui expliquer les raisons de son départ. Elle savait qu'elle n'aurait jamais eu son consentement et bien que cela lui fendît le cœur de l'abandonner seul avec son peuple, l'appel du large était plus fort. Ils avaient chevauché à dos de renne géant jusqu'à atteindre une petite ville portuaire du Sud, à l'orée des glaces, là où le pêcheur avait laissé son embarcation. Ils n'avaient pas le loisir de perdre du temps à visiter la ville, ils savaient bien que le roi tenterait de récupérer sa fille à tout prix. Ils montèrent à bord et prirent le large sans que Lumi ne puisse faire de réels adieux à sa terre natale. Néanmoins, la princesse, à la proue du bateau, regardait avec avidité l'immensité de cet océan gris et les mystères qui se dévoileraient bientôt à l'autre bout. Tasyon la rejoignit et tous deux se tournèrent vers l'avenir.

La traversée avait duré une semaine au cours de laquelle le monde ne s'était pas encore révélé à la princesse. La mer du Nord était en permanence recouverte d'un léger nuage de brume et la nuit polaire s'évanouissait à peine. Mais un jour, au réveil, la chaleur d'un rayon de soleil vint chatouiller le visage de Lumi. Celle-ci, abandonnant le monde des songes, s'éveilla dans les bras de son amant. La traversée les avait considérablement rapprochés et tous deux savouraient le bonheur de leur vie à venir.

Ce matin-là, le ciel était d'un bleu intense qui se reflétait à la surface d'une mer assortie et calme. L'aube naissante projetait sur les flots l'ombre d'un dragon doré, tel le gardien de trésors abyssaux profondément enfouis dans l'océan. Émerveillée, Lumi se précipita à l'avant du bateau et ouvrit grand les bras, invitant le soleil à venir l'embrasser de sa chaleureuse lumière. Une goutte perla le long de sa joue. La jeune fille porta la main à son visage et recueillit la perle d'eau. Intriguée, elle se tourna vers Tasyon qui la rejoignait, et l'interrogea :

« Suis-je en train de pleurer ? Je n'en ai pas l'impression pourtant.

— Non. Ton corps transpire, c'est ce qu'il se passe quand on a chaud. Tu n'es juste pas habituée à cette température, ô ma Princesse venue du froid. »

Il sourit et la prit dans ses bras.

« Je ne laisserai pas tes yeux se remplir de larmes. Jamais. »

Mais lorsqu'il se recula pour contempler sa bien-aimée, il se rendit compte que ses vêtements étaient trempés.

« Mais… d'où vient… ? »

Puis il comprit. Il regarda Lumi, horrifié. La jeune fille ruisselait littéralement. De l'eau dégoulinait sur sa peau comme si une pluie torrentielle était en train de tomber. Pourtant le ciel était toujours aussi dégagé. La princesse fondait au soleil comme un bloc de glace.

« Non… Non, qu'est-ce qu'il t'arrive ? »

La princesse tenta de répondre mais déjà son visage se dissolvait. Une expression de peur intense pouvait néanmoins se lire sur ses traits déformés. Le jeune homme essaya de l'attraper dans ses bras, mais aussitôt elle s'effondra sur le pont, achevant de se liquéfier.

Tasyon tomba à son tour, impuissant devant un tel spectacle. À ses genoux ne subsistait que la robe noire de la princesse au milieu d'une flaque d'eau que le roulis de l'océan entraînait dangereusement par-dessus bord. Tasyon, fou de douleur, tentait en vain de retenir le liquide de ses mains, mais il ne put que l'accompagner de ses propres larmes.

Le jeune garçon demeurait seul sur son navire, pleurant la disparition de son aimée alors qu'à des lieues de là, enfermé dans la salle du trône, Enshamet demeurait seul, lisant et relisant la lettre d'adieu, pleurant la disparition de sa fille.

Une année s'était presque écoulée. Dans le royaume du Nord, le peuple de Cristal était aux portes de l'hiver. Les premières neiges allaient venir rafraîchir le paysage du paradis blanc. Sur le toit de son palais, à l'endroit même où sa femme avait été retrouvée morte, Enshamet, affaibli et malade, attendait les premiers flocons. À leur tombée, il avait pris la décision de quitter ce monde. Il s'était fixé cette date symbolique à laquelle, en l'absence de nouvelles de sa fille, il s'en irait rejoindre sa femme.

Les nuages gris, qui s'amoncelaient au-dessus de sa tête, annonçaient bientôt l'heure fatidique. Il ouvrit la main pour réceptionner le premier flocon qui vint mourir au creux de sa paume. Lentement, le roi se redressa et se rapprocha de la balustrade. Il s'apprêtait à l'escalader lorsqu'un tourbillon de flocons l'enveloppa. Surpris, il recula. Les cristaux de neige, flottant étrangement devant lui, dessinèrent la silhouette d'une jeune fille. Le roi se frotta les yeux, n'en revenant pas. Était-ce son esprit fou qui lui faisait contempler celle qu'il désirait tant revoir ?

« Lumi ?

— Oui, Père, entendit-il directement dans son esprit.

— Oh ma fille, sanglota-t-il. Mais où étais-tu passée ? Que t'est-il arrivé ? »

Alors Lumi lui raconta tout.

Au moment où le soleil l'avait fait fondre, elle avait cru mourir. Mais même changée en eau, elle avait conservé sa conscience. Nageant dans l'immensité de l'océan, elle avait suivi Tasyon jusqu'à son île, témoin de l'incommensurable chagrin du jeune homme. Elle ne savait alors pas comment le contacter. Celui-ci, devenu indifférent à la mort, était le seul pêcheur à braver les vagues du printemps. S'il n'y avait pas eu ses frères et sœurs, sans doute aurait-il déjà laissé son embarcation s'échouer sur des récifs tranchants. Mais lorsqu'il fut plongé en plein cœur d'un typhon, Lumi comprit comment lui manifester sa présence. Elle contrôla les eaux déchaînées et même si la tempête faisait rage autour, Tasyon naviguait désormais sur des eaux calmes. Parfois, au milieu des vagues, il lui semblait apercevoir la silhouette familière de sa princesse des neiges. Dès lors, son amour de la navigation n'eut plus de limites.

Mais ce n'était pas tout, l'été venu, la chaleur provoqua un nouveau changement en elle. Elle se sentit attirée vers le ciel et petit à petit, elle observa la terre, flottant de plus en plus haut. Elle parcourut les strates cotonneuses des landes nuageuses, volant et virevoltant avec le vent joueur. Et à la première nuit tombée, quelle ne fut pas sa surprise lorsqu'elle fit la connaissance de sa mère, la Lune. Les étoiles scintillantes s'allumèrent au rythme de la mélopée de sa naissance. Alors, elle sourit à l'astre d'argent, se souvenant des derniers mots de sa mère.

« Enfin, le froid de la maison m'a rappelée sur Terre pour vous retrouver l'espace d'un hiver sous cette forme, Père. »

Ainsi s'acheva le récit de la princesse. À l'évocation de sa femme qui continuait à veiller sur ses nuits et suite aux retrouvailles avec sa fille, le roi Enshamet pleura puis sourit.

C'est ainsi que chaque hiver, la Princesse venait guider son peuple en leur assurant un hiver doux, retrouvant ainsi son père toujours un peu plus vieillissant, mais heureux. À la fonte des neiges superficielles, Lumi s'écoulait dans les ruisseaux, rivières, puis fleuves pour gagner l'océan et retrouver celui qu'elle aimait, Tasyon. Elle devint, au fil des années, la divinité protectrice priée par le peuple de l'Île des vents printaniers car sa présence apaisait toujours les eaux troubles de l'océan. Enfin, chaque été, elle retournait embrasser sa mère. Le commun des mortels pouvait alors voir dans le ciel les nuages enlacer tendrement la lune qui scintillait au rythme d'une mélodie connue uniquement de Manen et de sa fille.

La princesse Lumi, sous cette forme, avait enfin réalisé son rêve de découvrir le monde et de voyager par-delà les terres et les océans, mais par-dessus tout, son périple lui permettait de passer du temps avec chacun des êtres qu'elle aimait le plus dans cette vie, sa famille.

FIN

L'ennemi dans la glace

La myriade d'ampoules qui dessinait le contour du miroir m'éblouit pendant un instant. La glace, découpée en trois sections, me renvoyait l'image de mon visage sous de multiples angles. Impossible d'en ignorer le moindre défaut. Chaque matin, bon nombre de mes assistantes se démenaient pour les dissimuler sous une couche de maquillage aux teintes « naturelles », mais à cette heure tardive, le soin d'ôter ce masque factice m'était laissé. Je faisais nonchalamment glisser le coton imbibé de lotion sur ma peau. Après quelques passages, il s'était imprégné d'un mélange aux couleurs discordantes. Je le jetai et en utilisai un nouveau pour achever ce rituel quotidien. Au fur et à mesure, je redécouvrais un visage devenu bien trop rare : le mien. Je le regardais comme si je le voyais pour la première fois depuis des années. Sur les murs de la chambre, les affiches de mes plus grands succès étaient encadrées et exposées à la vue de tous, or il n'y avait personne pour les admirer. Sur le rebord de la cheminée, mes Oscars et mes innombrables récompenses prenaient la poussière et ne servaient même plus à stimuler mon ego. J'étais, d'après les journaux, la plus talentueuse actrice que le monde du cinéma ait connu et ce soir, comme tous les autres soirs, j'étais seule.

À travers la fenêtre de sa chambre, je l'observais discrètement. La première fois que je l'avais vue sur un écran, sa prestation avait éveillé quelque chose en moi, comme une ancienne chaleur enfouie, quelque chose de lumineux et réconfortant. Je jalousais le regard que lui portaient les autres spectateurs mais je l'aimais parce qu'elle réussissait à l'obtenir. J'avais pris plaisir à la redécouvrir à chacun de ses nouveaux rôles et cette passion anodine était rapidement devenue une obsession. Tout avait basculé le jour où je l'avais aperçue à une avant-première, je m'étais alors arrangé pour la suivre jusqu'à son domicile. Au début par simple curiosité, puis peut-être par simple vice et satisfaction personnelle ; j'étais le seul à l'admirer de l'autre côté de la pellicule, dans son intimité. Mais, au fil des nuits au cours desquelles les heures d'espionnage étaient devenues de plus en plus nombreuses, j'avais fini par rester par compassion. Elle était la plus talentueuse actrice que le cinéma ait connu et ce soir, comme tous les autres soirs, elle était seule.

Au moment fatidique où je redevenais moi, il m'arrivait de demeurer quelques minutes à contempler le reflet dans la glace. J'interrogeai du regard cette inconnue qui me dévisageait, et je n'obtins aucune réponse comme chaque nuit. Depuis plusieurs jours, je ressentais une présence étrangère autre que celle de mon double. Ni menaçante, ni particulièrement bienveillante, juste une présence. Comme si quelqu'un, tapi dans l'ombre, se tenait derrière moi à tenter de percer le même secret, celui de mon reflet. Mais, lorsque j'observais par-dessus mon épaule dans le miroir, jamais il ne me renvoyait l'image d'une compagnie qui me faisait tant défaut. Je me levai, plus fatiguée que d'habitude et en oubliai d'éteindre les lumières. Au moment où je me retournai, je le surpris. Il se tenait là, de l'autre côté de la fenêtre. Je ne savais par quelle magie il avait pu se soustraire à l'œil de la glace, cependant, il était bel et bien devant la vitre. Ses deux yeux noirs reflétaient la lueur des ampoules, deux yeux qui semblaient briller de convoitise, deux yeux qui me dévisageaient.

Elle m'avait vu. Peu importe la prudence dont j'avais pu faire preuve les nuits précédentes, ce soir-là, trop absorbé par sa vision, j'avais été négligent. Alors qu'elle me regardait bouche bée, vêtue de sa robe de chambre en satin blanc, je ne savais que faire. Fuir pour ne jamais pouvoir revenir ? Elle aurait pris, sans doute, les dispositions nécessaires pour renforcer la sécurité. Presque instinctivement, mes doigts se hasardèrent sur sa fenêtre. Elle n'était pas verrouillée. Je m'engouffrai dans la pièce et me précipitai sur elle. Elle voulut hurler mais la surprise ou la peur l'avait rendue muette. J'eus le temps de la saisir et de lui coller ma paume sur les lèvres, venant étouffer un cri de détresse. Sa peau était chaude et sa chevelure, à la hauteur de mon visage, renvoyait un délicat parfum plus enivrant que celui de sa frayeur. Le tissu de sa tenue n'était pas assez épais pour me priver des courbes de son corps qui s'agitait, prisonnier entre mes bras. La douceur de ses lèvres anéantissait la morsure inutile qu'elle me prodiguait pour essayer, en vain, de me faire lâcher prise. Soudain, elle se calma et ceci n'eut rien à voir avec une quelconque résignation. Elle venait de regarder dans le miroir.

Quelle ironie ! Souhaiter, ne serait-ce qu'une fois, trouver quelqu'un pour ne pas être seule et tomber sur un psychopathe, un violeur ou que sais-je encore… Je n'avais pas vu grand-chose de lui : il était grand, mince, mais très fort. J'avais beau me débattre, rien n'y faisait, il maintenait sur moi un contrôle total et pourtant sans me faire le moindre mal. La main sur mon visage se faisait douce, elle ne m'étouffait pas mais, malgré mes gesticulations, ne se décollait pas d'un pouce, m'empêchant de hurler et d'appeler à l'aide. Soudain, mon regard s'arrêta sur le miroir et l'image qu'il renvoyait ne pouvait être le reflet de la réalité. J'étais seule dans ma chambre, en train de me débattre avec moi-même.

Je profitai de cette accalmie pour lui glisser quelques mots à l'oreille, ni menaçants, ni charmeurs, juste assez francs pour espérer qu'elle y crût.

« Il serait bien naïf de penser que le simple fait d'affirmer que je ne vous veux aucun mal serait suffisant pour obtenir votre confiance. Pourtant, c'est la vérité, aussi voudrais-je retirer ma main sans que vous ne vous mettiez à hurler. »

Devant l'absence de réaction, alors qu'elle restait pétrifiée face au miroir, je redemandai :

« Puis-je enlever ma main ? »

Elle finit par secouer furtivement la tête, ce que j'interprétai comme un oui. Aussitôt, je relâchai mon étreinte.

À peine libérée, je me précipitai vers la glace et me collai dos au bureau pour faire face à cet inconnu, tout en prenant le maximum de distance. Je n'arrivais pas à ouvrir la bouche et le regardais là, ébahie et tétanisée. Mes yeux allaient du miroir jusqu'à lui et vice versa. Ce n'était pas le fruit de mon imagination, cet homme était bel et bien réel. Il avait les cheveux très courts, sauf sur le sommet du crâne, où une mèche venait balayer son front. Malgré cette chevelure blanche, je lui donnais la trentaine d'après les traits de son visage. Ceux-ci étaient fins mais conservaient une virilité certaine que son regard sombre mais envoûtant soulignait à la perfection. Sa tenue était élégante bien que tout droit sortie d'une autre époque. Rien en lui ne semblait mauvais, son aura était froide et mystérieuse certes mais pas menaçante. Pourtant, c'était un étranger qui avait fait irruption chez moi et qui n'avait pas de reflet.

« Qui êtes-vous ? »

Elle sembla aussi surprise que moi par sa propre question. En effet, je ne m'attendais pas à ce qu'elle prenne la parole si franchement.

« Vous qui êtes actrice, le folklore qui entoure mon espèce ne doit pas vous être inconnu…

— Vous êtes un vampire ?

— Oui. »

Elle ne répliqua pas. Elle paraissait même soulagée de ma réponse. Néanmoins, la sentant encore dans l'expectative, je poursuivis les présentations.

« Je me prénomme Dimitri et je suis originaire d'Europe de l'Est. Je suis né en 1842 et ma seconde naissance a eu lieu lors de ma trente-cinquième année. J'ai émigré ici au début du XXème siècle…

— Pourquoi êtes-vous là ? », m'entendis-je demander au terme de son histoire.

Quelle question ! Pour quelle autre raison que de boire mon sang, un vampire pénétrerait-il dans ma chambre ? Je ne me pensais pas si crédule et pourtant, tout en lui indiquait qu'il disait la vérité. Il ne me répondit pas mais s'approcha lentement de moi. Je ne bougeai pas d'un pouce, j'en étais bien incapable. Il se pencha vers moi et leva la main vers mon visage. J'entendis mon cœur battre dans ma poitrine, prêt à exploser lorsque ses doigts frôlèrent mes joues. Je sentis que ma dernière heure allait arriver au moment où il se saisirait de ma nuque pour y planter ses crocs. Une curiosité malsaine naissait en moi ; cela procurait-il autant de plaisir que celui décrit dans les films ? Il n'en fut rien. Ses doigts poursuivirent leur course et allèrent toquer contre la surface froide de la glace. Il me dit alors d'une voix où se cachait une certaine mélancolie :

« Je vous ai donné mon nom, mes origines et pourtant, je ne sais pas qui je suis. Ou plutôt, je ne sais plus. Voilà presque plus d'un siècle et demi que je n'ai pas vu mon visage, j'ai oublié… oublié mon identité. Je ne suis qu'un mort-vivant, une coquille vide qui doit se remplir de sang pour continuer à vivre. Je ne me sens pas bien différent de vos voitures dont on doit refaire le plein. Vous, votre image, tout le monde la voit. Vous êtes sans doute l'icône moderne la plus représentée sur cette planète. C'est sans doute cela qui m'a attiré à vous comme un aimant. Par la suite, j'ai découvert votre solitude et j'ai alors tâché de comprendre ce que nous avions en commun. »

Je l'avais pris pour un prédateur et pourtant il ressemblait davantage à une âme égarée. Son mal-être ne m'était pas si étranger. Moi aussi, je ne connaissais pas mon reflet dans le miroir. Je posai délicatement mes mains sur ses joues et, sans le brusquer, détournai son visage de la glace pour le diriger vers les murs de la chambre.

« Répondez-moi. Qui voyez-vous sur les murs de cette chambre ?

— Vous…

— Non, regardez : ici, c'est une princesse enlevée qui tombe amoureuse de son ravisseur. Et ici, c'est une femme indépendante et mère célibataire qui doit lutter pour faire vivre sa famille. Là, c'est une jeune fille qui va découvrir l'amour puis le perdre… J'ai incarné ces femmes, mais je ne suis pas elles. Et à avoir joué trop de vies différentes, je ne sais même plus laquelle est la mienne. Est-ce de me retrouver seule chaque soir devant le miroir ? Le reflet qu'il me renvoie ne m'aide pas plus à me connaître, je vous l'assure.

— … »

Je la regardais se confier à moi, reniant chacun des rôles qui avaient bâti sa célébrité mais qui avaient aussi contribué à effacer, scène après scène, sa vraie personnalité. Si seulement elle pouvait comprendre la différence entre la perte de son identité et le fait que je ne croyais même plus en ma propre existence. J'étais comme un néant doté d'une conscience et d'un instinct de survie qui me poussait à me nourrir, nuit après nuit. Et pourtant, ce soir, elle caressait une tout autre partie de mon être, quelque chose de bien plus insoupçonnable et humain. En revanche, le plus étrange était qu'elle le faisait avec une sincérité et une volonté des plus désarmantes. Je lui avais dit que je voulais comprendre les raisons de sa solitude puisqu'elle souffrait des mêmes maux que moi : comment s'entourer de gens quand on ne sait même pas qui on est ? Son regard laissait transparaître une tristesse que j'imaginais être également mienne bien que je ne pusse voir le reflet de mes yeux. Soudain, elle se figea comme si elle venait d'avoir une idée et déclara :

« Vous êtes-vous déjà filmé ? »

Si pour moi, mon image à la caméra était la source de tous mes maux, peut-être que pour lui, cela serait salvateur ?

Devant son absence de réponse, j'allai chercher ma caméra numérique et l'installai sur son trépied, juste face au lit.

« Asseyez-vous, s'il vous plaît. Nous allons faire un essai. »

Il obtempéra sans dire un mot, entre crainte et surprise. Il se posa sur le rebord du lit, presque hésitant. Je trouvais touchant sa façon de ne pas vouloir violer mon intimité, lui qui pourtant s'était invité chez moi par effraction.

« Oubliez cela, voulez-vous ? », me dit-il, avec toute l'appréhension qu'une personne pouvait avoir. Avait-il peur de ressentir la déception d'une tentative vaine ou, au contraire, redoutait-il que cela fonctionne ?

« C'est trop tard, j'enregistre. Parlez-moi de vous, Dimitri. »

Il se passa quelques secondes qui me parurent interminables. Je discernais la diode rouge de sa caméra et son regard, à elle, qui fixait l'écran de contrôle. M'y voyait-elle ?

« Depuis plus d'un siècle et demi, je n'ai pas vu mon reflet. Ni dans un miroir, ni à la surface de l'eau, ni même sur une surface métallique. J'ai oublié chaque courbe de mon visage, la couleur de mes yeux, la forme de mes lèvres. Et si un bon nombre de personnes pensent que le physique est superficiel et que votre vraie personnalité se trouve à l'intérieur, alors c'est qu'elles n'ont pas vécu sans reflet pendant tant d'années. Chaque surface qui vous renvoie votre image est un rappel de votre existence. Pour ma part, je suis condamné à me sentir comme une carcasse vide et à en être pleinement conscient. »

« Voyons Dimitri, vous n'êtes pas à la recherche de votre reflet, tout du moins pas celui que vous pensez. Vous auriez pu aller chez n'importe quel peintre, acheter n'importe quel appareil photo, mais vous ne l'avez pas fait. Vous savez très bien que voir votre image ne vous rendra pas votre identité. Pour vous sentir à nouveau complet, c'est le reflet d'une personne qui vous aime pour ce que vous êtes qui vous manque. »

Je m'approchai de lui et, m'installant sur ses genoux, le poussai délicatement sur le matelas. Je le surplombai, plongeant mon regard dans le sien.

« J'aimerais que vous vous observiez dans mes yeux, non pas votre reflet, mais l'image que j'ai de vous. »

Je déposai un baiser sur ses lèvres muettes et closes. Il y répondit, déversant en moi un florilège de sensations qu'aucun baiser de cinéma ne m'avait jamais procuré. Il dénoua la ceinture de ma robe de chambre et parcourut mon corps. Il connaissait la chair, ses forces et ses faiblesses. Il savait y trouver de la saveur et l'appréciait avec délice. Dans son étreinte, ma solitude quotidienne s'effaça. Non pas parce qu'il était un amant aussi dévoué que mystérieux, mais parce qu'il ressentait la même absence que moi et qu'à nous deux, nous nous complétions parfaitement.

« Dimitri, comment une coquille vide pourrait-elle me remplir d'autant d'émotions et de sentiments ? Vous existez ! »

Elle n'avait pas éteint la caméra pendant tout le temps où nous avions fait l'amour. Lorsque nous eûmes terminé, elle me conduisit dans son salon pour brancher l'appareil. Je l'avais suivi sans un mot, repensant à son discours. Elle avait réveillé quelque chose en moi et cela lui donnait raison. Pourtant, j'étais toujours avide de voir mon image et tout aussi terrorisé à l'idée de ce que j'allais découvrir.

« Es-tu certain de vouloir faire ça ? » me demanda-t-elle.

J'acquiesçai.

Elle mit en marche la caméra et la neige du téléviseur se brouilla puis il apparut, là, l'homme à la peau diaphane, au visage fin presque maigre. L'œil apeuré mais recélant quelque chose de plus sombre me regardait. Cet homme, c'était moi évidemment. Une larme coula sur ma joue.

Je ne savais pas que les vampires pouvaient pleurer. Après tout, que connaissions-nous réellement d'eux ? Je le voyais observer la télévision avec l'innocence d'un petit garçon découvrant le monde, avec l'appréhension d'un parent accueillant son enfant bien né, avec la fébrilité qui nous habite lorsque nous retrouvons quelque chose perdu depuis si longtemps et que l'on n'ose y croire. Il tremblait. Je lui souris avec tendresse et me levai.

« Je pense que tu devrais regarder la fin tout seul. Je t'attends dans la chambre. »

Le film terminé, je demeurai devant l'écran devenu bleu pendant quelques minutes. Je la rejoignis et m'assis près d'elle. Elle m'interrogea du regard et je ne pus dire qu'un simple « merci ». Elle me prit dans ses bras, m'appuyant la tête contre son épaule comme le ferait une mère consolant son enfant. Au creux de sa nuque, je repensais à la vidéo. Grâce à elle, j'avais découvert qui j'étais vraiment. Je me revoyais la désirer tandis qu'elle s'était approchée de moi. Je pouvais lire cette douce folie dans mes yeux quand je lui avais fait l'amour. J'arborais le même sourire satisfait qui avait dévoilé mes canines pendant qu'elle s'était laissée aller à l'extase, les yeux fermés. Je réalisais toute la bestialité qui m'avait habité au moment où j'avais voulu me repaître d'elle au cours de notre étreinte. À cet instant, je plantai mes crocs dans la peau nacrée de son cou et alors que j'aspirais sa vie, elle se débattit entre incompréhension et souffrance. Sa robe de chambre se teinta lentement d'incarnat. Grâce à elle, je me souvenais de celui que j'étais, ou plutôt de ce que j'étais : un monstre assoiffé de sang et, à présent, j'en avais pleinement conscience.

FAIM

Le Bug Humain

Prologue

Au cours du XXIème siècle, la multiplication des attentats-suicides commis par des factions terroristes a progressivement plongé nos sociétés dans une troisième guerre mondiale non déclarée.

Pour les contrecarrer, les plus grandes démocraties, en coalition, ont évolué vers un régime dictatorial, contrôlant ainsi les faits et gestes de la population.

Les libertés personnelles de chaque individu se sont vues bafouées, diminuées, voire totalement supprimées.

L'instauration d'un couvre-feu est devenue pratique courante : abolition des loisirs, tourisme international stoppé.

Les gouvernements ont également fait barrage aux accès à la culture, notamment par la privatisation des bibliothèques. Bon nombre d'ouvrages scientifiques, philosophiques et religieux ont été retirés de la consultation publique.

Internet, qui avait propulsé la mondialisation de cette même culture, a évolué en un véritable outil d'espionnage, ainsi chaque demeure est dorénavant soumise au regard des webcams et des microphones du service de répression de la criminalité informatique.

La suppression de ces libertés creuse le fossé entre l'élite scientifique, qui appartient exclusivement au gouvernement, et le reste de la population.

Les recherches de l'époque sont alors réorientées vers le domaine de la neuroscience dans l'idée de trouver un moyen de contrôler les esprits.

L'année 2202 marque l'aboutissement de ces travaux : Adams Finley invente le principe de la Neurogravure.

Prise de conscience

« 23 Avril 2201 :

Le cerveau humain est un centre de traitement de l'information formidable qui n'est pas si différent de nos ordinateurs. Il est l'unité centrale de l'homme et sa mémoire en est le disque dur. Si, comme pour enregistrer des données sur un disque, nous pouvions apposer une empreinte électrique sur le cerveau, nous aurions les capacités alors de programmer ce dernier. C'est le principe établi de la Neurogravure. »

Extrait du journal de recherches d'Adams Finley.

Dévisser cadran. Vis cruciforme à tête plate, diamètre : deux millimètres. Donner trois coups de tournevis. Recueillir l'objet métallique. Le collecter dans un endroit sûr, facile d'accès, comme la poche latérale de l'uniforme. Dégager la câblerie. Analyse de la panne. Matériel noirci, odeur de caoutchouc surchauffé. Conclusion : court-circuit.

Procédure de réparation : détection du fil défectueux. Le retirer puis le remplacer.

Attention danger : le circuit ne doit pas être sous tension.

Réparation terminée : remettre le courant, revisser le cadran avec les vis dans la poche latérale.

Bouton d'appel de l'ascenseur maintenant opérationnel.

Procédure suivante : Rapport à l'unité hiérarchique supérieure.

Démarche : se rendre au bureau de l'unité. Témoigner son respect envers l'ordre hiérarchique par un salut.

« Bonjour Monsieur. »

Indiquer le résultat de l'intervention.

« Je viens vous signaler que le bouton d'appel de l'ascenseur du quinzième étage est réparé. »

Attendre réponse et prendre congé. Mode Attente. Attente…

Analyse de la situation : unité hiérarchique à plat sur le bureau. Prise de convulsions.

Pas de qualifications médicales. Ne pas agir.

« Aaaahhhh ! »

Analyse de la réponse : langage inconnu, recherche du mot le plus proche en fonction du contexte : Va. Conclusion : rapport délivré, prendre congé de l'unité supérieure.

« Aaaahhh ! »

Au fond de moi semblait résonner un râle. Je percevais déjà ce son, mais, maintenant, je l'entendais.

Pas de qualifications médicales. Ne pas agir, prendre congé.

Mon corps fut déséquilibré à tel point que je faillis tomber. Alors que j'avais voulu me retourner vers la voix d'une personne visiblement en danger, mes muscles avaient pris l'initiative, pendant un bref instant, de me diriger vers la sortie. Ce basculement n'était pas si éloigné de la sensation du réveil, un réveil un peu particulier puisque je n'avais pas été déconnecté de mes perceptions. Je me trouvais dans cette pièce depuis dix minutes déjà et je savais que, derrière moi, se tenait un large bureau en bois laqué. Or, si avant j'en recevais juste l'image, à présent, j'étais conscient des observations que j'effectuais. C'était comme si après un long coma « éveillé », je devenais réceptif à mes sens qui n'avaient jamais cessé de fonctionner. Fort de la certitude d'être moi-même, sans savoir pourquoi cela me paraissait nouveau, je repris le contrôle de mon corps dans l'urgence au moment où le râle s'interrompait.

« *Décembre 2201*

Voilà six mois que nous testons la neurogravure sur des cobayes humains. Le gouvernement nous a permis de faire de larges échantillons en nous confiant la tâche de réhabiliter tous ses prisonniers qui devenaient, par dérogation de l'État, nos volontaires. On ne manqua pas de nous rassurer sur le fait que la réhabilitation de ces anciens détenus pouvait se faire par le biais d'une mort prématurée. Dans 90% des cas, l'empreinte électrique a reconfiguré le cerveau des cobayes que nous avons pu reprogrammer par stimulations locales au moyen d'électrochocs. Chiffres beaucoup plus inquiétants : 5% des cobayes sont morts, 3% ont développé des maladies cardiaques, 2% sont morts d'accidents. Il s'avère que la neurogravure diminue fortement l'efficacité du système nerveux végétatif qui gère les actions dites « spontanées » de notre corps, c'est-à-dire le fonctionnement de l'organisme. La capacité à développer des réflexes de survie devient quasiment nulle. Nous avons qualifié ces retombées d'effets DLN pour « Dysfonctionnement Liés à la Neurogravure ». Le bilan n'établit ces données que sur une période de six mois et seulement sur un faible échantillon. Ces conséquences sur la population mondiale prendraient des proportions dévastatrices. Pourtant, le gouvernement a décidé d'étendre le projet Neurogravure à l'intégralité de la population. »

Extrait du journal de recherches d'Adams Finley.

Je me précipitai vers cet homme qui était étendu là, couché sur son bureau. Il empoignait fortement sa chemise au niveau du cœur, les doigts crispés, déchirant le tissu. J'avais beau me sentir incapable de comprendre la raison de son malaise, un réflexe profond m'ordonnait de tenter de le sauver. Alors que j'étais penché au-dessus de lui, mes mains devinrent tremblantes à l'idée de devoir agir. Que fallait-il faire ? J'interrogeais ma mémoire à la recherche d'un antécédent, d'un souvenir qui guiderait mes gestes. En vain, je me retrouvais confronté à un trou noir. Il y avait quelques minutes, le monde qui m'entourait me semblait flou, comme plongé dans le brouillard et maintenant qu'il s'était éclairci, des brumes s'étaient glissées en moi. Que m'était-il arrivé ? L'urgence de la situation ne me permit pas de m'étendre sur le sujet mais ne pas savoir qui j'étais ne m'aidait pas à agir. Je n'estimai pas le temps qu'il me fallut pour réaliser qu'il n'y avait plus rien à tenter. L'homme, dont le corps immobile posait sur moi un regard vide, était bel et bien mort. Un spasme profond me pressa l'estomac, je reculai de deux pas, voulant m'arracher à cette vision et détacher mes yeux de son visage inexpressif. Un filet de salive coulait de sa bouche, se répandant sur toute la surface cirée du bureau. Je sentais chacun de mes membres trembler, et cette chaleur soudaine, étouffante, qui me faisait transpirer. Je palpai mes vêtements, prêt à les déchirer pour respirer de nouveau. Mes doigts saisirent la fermeture à glissière de mon bleu de travail et, en l'ouvrant, libérèrent psychologiquement mes poumons. Je récupérais mon souffle et en même temps, regagnais mon sang-froid ainsi que ma capacité à réfléchir. Que devais-je faire maintenant ? Oui, que devais-je faire et qu'allait-il se passer ? Mon cerveau se retrouvait confronté à des questions qu'il considérait comme inédites. Cela n'aurait pas dû se produire, sauf si j'étais né depuis dix minutes ce qui, je le savais, n'était pas mon cas. Pourtant, ces zones mortes de mon esprit m'inspiraient le contraire. Je venais de gagner une perception nouvelle et aussi des lacunes dont je ne m'étais jamais soucié auparavant. Si, durant toute ma vie, je ne m'étais jamais senti moi-même comme j'en ai conscience maintenant, alors qui étais-je ? Les peurs liées à cette situation firent naître en moi le désir de fuir de cet endroit au plus vite, désir que je m'empressai d'écouter sans réfléchir davantage. Décidément, ce récent réveil engendrait en moi bien plus d'interrogations qu'il ne m'apportait de réponses.

Prison Virtuelle/ Prison Réelle

« L'empreinte délivrée par la neurogravure est comme la liste des programmes que le neuroimprimé pourra utiliser au cours de sa vie. Toutefois, il est nécessaire d'inclure des fonctions de base, laissant assez de liberté à l'individu pour que son cerveau ne se sente pas assimilé à la machine. Le principe de la neurogravure imprime des pistes de pensées qui se superposent aux capacités naturelles du cerveau humain et les inhibent. Si le neuroimprimé venait à prendre conscience qu'il est préprogrammé, le cerveau, contraint à la fois par la neurogravure et la pensée réelle de l'individu, entrerait dans un état proche de la folie. La mort cérébrale en serait la seule issue. Pour éviter cela, il faut donner l'illusion aux neuroimprimés qu'ils sont maîtres de leur vie, qu'ils ont une existence propre. Le meilleur moyen pour cela est de modifier l'environnement actuel de notre société par des évolutions subtiles qui s'inscriraient de façon logique dans l'esprit des neuroimprimés. C'est

la loi du « Maintien de la Neurogravure » : elle est obligatoire pour le succès de l'opération. »

Note du Rapport « Plan Neurogravure » rédigée par le professeur Finley.

Je quittai prestement ce gratte-ciel aux murs de verre, descendant les marches du parvis quatre à quatre. Mon corps ne semblait pas habitué à un tel rythme et je m'essoufflai rapidement. J'adoptai une cadence soutenue mais supportable pour arpenter les rues. Je m'aperçus bien vite que mon allure ne s'incrustait pas dans le décor qui s'offrait à moi. Les routes étaient pratiquées par une multitude de véhicules et les trottoirs parcourus par de nombreux passants, pourtant quelque chose dans leur démarche était différent. Ils avançaient au pas, en cadence. Chacun semblait avoir une trajectoire bien définie qui n'avait aucune chance de croiser celle d'un autre. Les voitures roulaient à la même vitesse et les automobilistes s'arrêtaient en douceur à chaque feu rouge comme s'ils étaient avertis du futur changement de signalisation. Détail plus étonnant, chaque véhicule était identique : le modèle, la couleur et ce mystérieux emblème qui trônait au centre du capot : un F métallique. Je décidai de me fondre dans la masse et de simuler cette démarche commune à tous les piétons. Après tout, n'étais-je pas en train de tenter de m'enfuir de ce bureau où j'avais laissé mourir un homme ? Mêlé à la foule, je ne me sentais pas moins seul. Autour de moi, tout n'était que silence, je n'entendais que le trafic routier et le bruit des talons sur le macadam. N'y avait-il donc aucune communication entre nous ? Tout dans les comportements faisait penser à celui des automates. Mais pourquoi aujourd'hui cela me semblait-il si peu naturel ? Plongé dans mes interrogations, je ne prêtais que peu d'attention aux panneaux publicitaires qui ponctuaient mon trajet. Au vu du matraquage d'affiches à tous les coins de rue, je finis par lever la tête. Chacune des campagnes appartenait à la même compagnie dont le logo était ce mystérieux F. Les annonces étaient toutes pareillement construites : un homme en blouse blanche, un large sourire aux lèvres, désignait du doigt le produit cible qui variait sur chaque affiche. Je retenais rapidement une voiture, un aspirateur et une denrée alimentaire dont l'apparence me répugnait. Phénomène que je n'expliquais pas : les piétons, de façon synchrone, fixaient chaque panneau en passant devant. Je me décidais à regagner mon appartement au plus vite, connaissant parfaitement l'adresse et le trajet à suivre. Hélas, je me sentais complètement désorienté dans ce monde qui ne pouvait être le mien.

« Mes travaux, mes années de recherches... Mon chef-d'œuvre. Non je n'ai pas honte de l'appeler mon chef-d'œuvre, l'œuvre de toute une vie. Je m'étais engagé à réaliser la plus grande invention pour le bien de l'homme, pour le bien de notre planète. Tant de vies ont été mises en jeu pour donner naissance à la neurogravure. Elle aurait dû mettre un terme aux crimes de notre société, aux désirs de profits des dirigeants qui négligeaient hommes et nature. Elle aurait dû faire cesser les guerres, juste en remplaçant un ou deux programmes dans le cerveau. Les gens qui me subventionnaient m'ont menti du début à la fin : une fois mon invention remise entre leurs mains, ils l'ont employée à asservir la population et à favoriser le capitalisme, offrant de ce fait le monopole à leurs entreprises. Comble de leur hypocrisie, ils ont unifié toutes les firmes de l'état dans une fausse société privée : la compagnie Adams Finley. Ils ont sali mon nom, se sont cachés derrière. Si un jour l'homme se réveille, toute la faute me sera attribuée. Je baisse les bras, je sais bien que mon geste de désespoir leur laisse le champ

libre, mais je ne supporte plus l'idée d'être la source de cet esclavage cérébral... »

Lettre retrouvée près du corps d'Adams Finley.

Je refermai derrière moi la porte de l'appartement, m'appuyant dessus, puis relâchai un long soupir de soulagement. J'observais mon intérieur : l'espace était assez exigu et le mobilier restreint au strict nécessaire. Pour la première fois de mon existence, j'avais le sentiment de mener une vie bien triste. Je me libérais de toute cette pression sous l'eau chaude d'une douche, non sans avoir auparavant examiné le badge épinglé sur mon bleu de travail au moment de l'ôter : « Roger Gans, service d'entretien et de réparation des élévateurs ». Cette mention était suivie d'un long matricule et imprimée par-dessus « F », le fameux logo, maintenant familier. Lavé de tous soucis et laissant de côté cette journée mystérieuse, j'envisageai de prendre un encas. En effet, mon ventre remis de ses récentes émotions criait famine. J'ouvris la porte du réfrigérateur pour tomber sur un stockage massif de cette denrée qui m'avait tant répugnée sur le trajet du retour. Je ne comprenais pas comment mon régime ne pouvait se constituer que de cet aliment qui avait soulevé en moi tant de dégoût ! J'ôtai le couvercle de l'une des boîtes et reconnus l'aspect visqueux et verdâtre de ce produit de synthèse. Mon estomac semblait aussi peu pressé que moi à l'idée de se nourrir d'un contenu si gélatineux.

À cet instant précis, la porte claqua contre le mur avec fracas, laissant entrer une équipe d'hommes en uniforme rouge que je n'identifiais pas.

« Lâchez votre arme et levez les mains ! »

Avoir la confirmation que cette nourriture était assimilée à une arme, sans doute du poison, ne suffisait pas à me rassurer sur cette intervention des plus inattendues. Ma mémoire troublée n'arrivait pas à donner une identité et une provenance à de tels uniformes. Qui étaient ces hommes ? Je déposai la boîte sur la table de cuisine et obtempérai. Au plus profond de moi, j'étais convaincu que c'était le meilleur comportement à adopter face à une situation qui m'échappait complètement.

« Retournez-vous ! Appuyez-vous contre le mur et mettez les mains en évidence. »

Je ne percevais dans son timbre aucune intonation humaine qui aurait pu la différencier du service vocal des ascenseurs que j'avais l'habitude de côtoyer au travail. Il déballait ses ordres insensiblement et moi, je continuais de respecter sa volonté. Une fois dans la position requise, je les entendis s'approcher de moi, ils me maintinrent plaqué contre le mur avec une absence totale de délicatesse. Je sentis un objet froid se coller contre ma nuque, puis une décharge électrique me fit perdre conscience.

« Par souci d'économie, les ministères de la Justice, de l'Intérieur et des Affaires étrangères seront supprimés. La neurogravure ayant enrayé toutes menaces internes, comme externes à nos frontières, en conditionnant les esprits à respecter la loi, nous pouvons nous passer des forces de police et militaires. En émettant l'idée qu'une nouvelle menace pourrait survenir un jour, un service restreint est maintenu. Nos laboratoires scientifiques ont constitué une élite de clones humains dont les capacités physiques et la programmation neurogravée sont optimisées pour les situations d'urgence. Ces clones sont gardés précieusement et secrètement à l'état de veille, en entrepôt de cryogénisation. Ce projet porte le nom de Brigade d'Alerte Rouge. »

Extrait du compte rendu de la réunion des États-Unis du monde libre du 23 juin 2252.

J'émergeai après un temps indéfini, assis sur une chaise. Face à moi était dressée une table qui, à en croire le nombre de fauteuils, attendait une dizaine de personnes. Tout autour était réuni un lot exagéré d'imposantes machines électroniques, aux utilités les plus variées, mais toutes inconnues pour moi. Les quelques écrans que je parvenais à voir ne m'apportaient aucune précision sur ma situation, cela malgré le fait que j'étais relié à tous ces engins par des électrodes appliquées sur mon crâne. Je ne savais pas ce que je faisais ici, ma seule intuition était qu'il existait un rapport avec le décès de l'homme auquel j'avais assisté. J'eus la surprise de constater que je n'étais nullement retenu prisonnier puisque je pouvais librement me lever, enlever les câbles qui partaient de ma tête et sortir par la porte qui était face à moi, derrière ladite table. J'aurais parié qu'elle n'était peut-être même pas fermée à clef. Mais il était trop tard pour penser à filer à l'anglaise car déjà, quelqu'un de l'autre côté de la pièce actionnait la poignée. Une foule de scientifiques et d'hommes en costume entrèrent les uns après les autres. Ceux en blouse s'affairèrent aussitôt sur les machines qui se mirent à émettre des sons étranges, à imprimer des relevés divers et à dessiner des courbes incompréhensibles. Les derniers prirent place sur les fauteuils de cuir face à moi. Tout ce petit monde évoluait, en faisant exactement comme si je n'étais pas là. Aucun d'entre eux ne possédait cette mouvance d'automates propres aux personnes que j'avais croisées depuis ces dernières heures.

« Nous sommes réunis ici pour régler le cas de numéro Y81296. Pouvons-nous revoir les faits ? »

Si ma mémoire n'avait pas retenu les trois premiers chiffres du matricule inscrit sur mon badge, jamais je n'aurais deviné qu'ils parlaient de moi tant je semblais invisible à leurs yeux. Un téléviseur fut amené sur le côté de la pièce et l'un des techniciens inséra un disque dans le lecteur. Peu après commença une vidéo. L'image confirma mon intuition, il s'agissait du bureau dans lequel j'étais venu remettre mon rapport. Le scientifique resté près du moniteur prenait des notes, tout en commentant la scène.

« Voyez Y81296 arrive, jusque-là tout est normal et la procédure de ses programmes est respectée. »

Mes programmes ? Quels programmes ? Parlait-il vraiment de moi ? À l'écran, une chose m'inquiétait : l'homme qui s'y trouvait était déjà en train de mourir. Je me vis sans réaction face à lui et cette situation avait été décrite comme « normale ». Il poursuivit son rapport :

« Maintenant, selon ses programmes de comportement face à l'imprévu, Y81296, qui n'est pas qualifié pour porter secours, se retire. C'est ici que nous notons une première hésitation. Il poursuit vers la sortie et voici le moment où l'erreur survient. »

Il fit un arrêt sur image et on me vit faire demi-tour pour aider le mourant. Je n'en revenais pas. Moi qui pensais avoir été attrapé pour être en partie responsable du décès de cet homme, je me retrouvais confronté à cette assemblée pour avoir tenté de le sauver. Quelle était cette aberration que je vivais ? Face à moi, un petit chauve à lunettes reprit d'un ton neutre :

« Le motif de la panne a-t-il été identifié ? La mort de Y74357 a-t-elle provoqué une rupture du maintien de la neurogravure chez Y81296 ? »

Une panne ? Parlaient-ils toujours de moi ?

« Non, s'il s'agissait d'une perte du maintien, Y81296 serait hors service à l'heure qu'il est.

— Alors que s'est-il passé ?

— D'après les relevés, tous les résultats tendent à conclure que nous avons affaire à un simple bug.

— Un bug ?

— Un dysfonctionnement de la programmation qui a détourné la neurogravure.

— Quelle solution existe-t-il pour y remédier ? Une nouvelle neuroimpression ?

— Il est impossible de superposer deux impressions cérébrales, or sa neurogravure initiale est toujours présente, elle est juste devenue inefficace. Y81296 est désormais improgrammable. Il n'y avait aucun antécédent, c'était statistiquement improbable.

— Cela pourrait-il se reproduire ?

— Non, les calculs sont formels, ce bug ne se réitérera plus.

— Bien, alors qu'il soit conduit à la casse et le problème sera résolu. »

Toute cette séance m'avait laissé sans voix et je ne réalisais pas encore le sort qui m'était destiné, je n'y pensais même pas vraiment. J'étais bouleversé par cette vérité que l'on m'avait lancée à la figure. Ils n'avaient pas prêté attention à moi parce qu'à leurs yeux, je n'étais pas différent des machines qui occupaient cette pièce. Ce n'était pas le procès d'un homme qui venait d'avoir lieu, mais la révision d'un ordinateur en panne.

« Messieurs les Présidents des états unifiés, les terroristes nous ont offert un fabuleux prétexte pour évoluer vers un pouvoir total sur nos nations. Combien d'entre nous sont gênés dans leurs mouvements par les gens trop bien-pensants ? Cessons de nous voiler la face et disons les choses comme elles sont : nos démocraties ne sont que des dictatures camouflées. Maintenant, nous avons l'occasion de raffermir, une fois pour toutes, notre contrôle sur la population, en leur donnant l'illusion que c'est pour leur bien. Nous savons bien que, correctement aveuglés, ils nous suivraient n'importe où. Seuls ceux qui parviennent à se hisser, comme nous, au sommet de la société, méritent d'en manger le fruit. Il est temps de constituer l'élite qui partagera ce repas à notre table. »

Allocution présidentielle lors de la première assemblée intergouvernementale des États-Unis du monde libre.

Ils se retirèrent un à un, seuls les scientifiques restèrent, m'ôtant ces électrodes et éteignant ces machines infernales. Je regardais droit devant moi sans leur prêter attention. Je tentais de tirer au clair ma situation, ou plutôt la situation générale de notre société. Ils avaient parlé de programmation et cet unique mot répondait à bon nombre de mes interrogations de la journée, sur ce comportement automate des gens que j'avais croisés, sur cette absence de sensation dont je m'étais sorti par je ne savais quel miracle. Alors nous vivions dans un monde où chaque être était programmé comme un robot. Mais pourquoi ? Ou pour qui ? Pour ces privilégiés qui avaient gardé la liberté de leur esprit et qui nous considéraient comme des machines dont ils tiraient profit ? Pour eux, j'étais un bug, une erreur de la technologie qui aurait pu remettre en cause leur système d'exploitation.

Plongé dans mes pensées, je n'avais pas entendu cet homme s'approcher de moi. Homme ou ce qu'il en restait ; celui-ci avait tout du robot que je fus, et que nous étions tous.

« Veuillez me suivre », me dit-il d'une voix déshumanisée.

Je n'avais pas la force de me relever encore. Sa seule présence me fit prendre conscience qu'il avait été mandé pour m'emmener à la « casse ». L'idée de la mort me chatouilla l'esprit, pour la première fois. Étrangement, elle ne m'effraya nullement. J'avais été bien plus terrorisé par le décès du bureaucrate, qu'à la pensée de ce sort sinistre qui m'était destiné.

J'en venais à croire que l'avoir laissé périr était la meilleure chose qu'il lui soit arrivé dans la vie et il en serait de même pour moi. Plus rien ne m'attendait ici qui puisse mériter d'être vécu. Je me levai et suivis l'automate, adoptant cette démarche machinale qui n'aurait apparemment jamais dû me quitter.

« Mon esprit scientifique s'est refusé à inscrire dans les pages du rapport que j'ai rendu au gouvernement, ce que je vais révéler dans les lignes qui vont suivre. Si, comme je le pense, les émotions sont des phénomènes indépendants de toutes réactions chimiques ou neuroélectriques et proviennent d'une source bien supérieure... spirituelle, alors, en aucun cas, elles ne sauraient être contenues par la neurogravure. Si l'âme venait à se rendre compte qu'elle était emprisonnée, peu importe les programmes implantés, elle se révolterait sans aucune chance de victoire pour mon procédé d'écriture. À n'en point douter, l'âme saura libérer la conscience de l'homme. Espérons que mon invention aura entre-temps contribué à améliorer notre société. »

Journal intime
d'Adams Finley.

Chacun de mes pas me rapprochait cette fois d'une vraie délivrance. Je baissais les bras et ne cherchais plus à en savoir davantage sur cette société. Dès l'instant où ma conscience s'était éveillée, je m'étais senti étranger à ce qui m'entourait. Il était mieux pour moi que je quitte ce monde qui n'appartenait plus aux hommes. Une pensée furtive me traversa l'esprit, une ultime question. Au moins, je pouvais me vanter d'être devenu curieux. Pourquoi moi ? Oui, qu'est-ce qui avait fait de moi le bug de cette « neurogravure » ? Eux-mêmes n'avaient pas réussi à mettre le doigt dessus. Je repassais à la scène du matin, l'ayant moi-même vécue ; peut-être arriverais-je à cerner le détail manquant ? Il me fallait précisément redéfinir l'instant où j'avais basculé dans la conscience. La solution paraissait claire, c'était mon désir d'intervenir pour aider ce malheureux qui avait court-circuité ma programmation : la compassion. Mieux que la compassion, la clé était une émotion humaine.

Un espoir soudain brûla en moi et je sentis sur mon visage se dessiner un sourire de satisfaction. Je bifurquai au croisement suivant, abandonnant celui qui m'escortait. Je ne me pressai guère pour sortir de cet endroit, personne n'était programmé pour m'arrêter.

Ils l'avaient dit eux-mêmes, il n'existait pas d'antécédent.

« Ils m'ont qualifié de bug humain. Ils ont eu tort. Je suis un virus informatique et je compte bien me propager. »

FIN ?

Les pigeons crèvent sous les ponts

Qu'elles sont belles vos villes quand le gris du ciel se marie avec celui de nos habitations. Ces dominos de béton qui finiront par s'effondrer les uns sur les autres le jour où le temps les poussera du doigt, si l'homme ne s'en occupe pas avant... Pour briser la monotonie du décor, celui-ci a créé des milliers de petites bestioles aux couleurs variées qui circulent entre ces géants de pierre. Insectes nuisibles qui nous pourrissent l'air jusqu'à suffocation. Mais avec eux, tout va plus vite... Tout va bien plus vite oui, surtout la vie.

Qu'elles sont belles vos villes remplies de gens qui ne se connaissent pas, se tirent dans les pattes et se poignardent dans le dos. On se croise, on se dévisage et on presse le pas pour fuir cette vérité qu'on refuse : on est tous pareils, plongés dans la même merde. Cependant, la palme du mépris nous revient, ou plutôt celle du méprisé.

« C'est une infection, ils sont sales... On en voit partout maintenant, dans chaque rue, dans chaque parc, sur chaque trottoir. »

Croyez-vous qu'il soit facile de vivre lorsqu'on porte ce regard sur vous ? Bien sûr que non, mais vous ne vous posez évidemment pas la question. Ne détournez pas les yeux, pas cette fois, parce que si j'avais les moyens de vous parler, voilà ce que j'aurais à vous dire : « Vous avez l'air de nous imaginer issus d'un autre monde. Vous nous supposez différents, soumis à d'autres règles de vie, plus dures et plus sauvages. L'instinct de survie, savez-vous encore ce que cela signifie, bien au chaud dans vos nids, devant votre « *home cinéma Dolby® surround* » ? Moi, je vis dans la rue et là-bas, on me vole dans les plumes tous les jours, et les prises de bec ne sont pas assurées par des doublures.

Nous sommes conscients de la façon dont vous posez vos yeux sur nous. Tantôt supérieurs, tantôt apitoyés, tantôt dégoûtés. Chacun de ces regards est une offense et une blessure que vous nous infligez. Qu'est-ce que vous avez à nous juger ? On ne vous demande pas de penser pour nous, on essaie juste de vivre notre vie au mieux. Qui vous donne le droit de nous en vouloir d'être ce que nous sommes ? Nous, on doit bien vous supporter ! Et on le fait sans roucoulades. Oui, nous sommes sales, nous traînons toute la journée, en foulant le même foutu bitume que vous. L'air de rien, je vous étudie pour vous comprendre. Moi, j'ai le temps.

Croyez-vous que quand on crève la dalle, tout n'est pas bon à manger ? Le moindre mégot de cigarette nous fait baver d'envie, juste pour sentir quelque chose dans notre bec. Et alors ? Vous allez nous nourrir de vos assiettes trop remplies peut-être ? J'en doute. Ça serait de la nourriture trop saine pour nous... Alors elle va aller faire grossir le ventre de la poubelle en plastique. Plastique qui se porte bien, son régime hypercalorique portant ses fruits. L'espèce se reproduit correctement, l'élevage étant devenu très productif. Et nous, nous héritons du surplus, dehors. Ces sacs qui traînent dans nos pattes, on s'y retrouverait presque prisonniers. Et pourquoi ne pas me réveiller un jour la tête dans l'un d'eux et y rendre mon dernier souffle ? Ça vous effraierait de finir dans une poubelle ? Eh bien, moi pas ! Je m'y nourris, alors y mourir, pensez-vous !

J'ai entendu dire que nous étions nuisibles... Je ne crois pas à cela. Je n'ai jamais fait de mal à personne ! Pourtant, on me dévisage quotidiennement avec haine ou mépris comme un rat propageant la peste, on ne cherche qu'à me tenir à l'écart voire m'éradiquer. Mais lorsque l'un de mes semblables se meurt, c'est la honte qui hante la prunelle de vos yeux puis un frémissement de dégoût vous remonte l'échine juste avant de lâcher un bref « Mon Dieu… »

Oui, les constats commencent souvent par ces mots. Croyance erronée ou simple réflexe ? Si tant est que certains aient foi en une divinité, c'est plus pour être touchés de sa soi-disant grâce que pour laisser celle-ci nous venir en aide. Moi, en Dieu, je n'y ai jamais cru. Bien trop complexe pour mon cerveau qui se demande comment on peut louer une entité miséricordieuse qui nous a mis là où vous passez, vous que nous voyons vous boucher le nez, regarder droit devant vous, en vous disant à vous-même : « Mon Dieu, comment fait-il pour vivre ? »

Chères gens, on vit sans votre aide et, dans notre cas, on ne pense plus depuis longtemps à s'envoler. Les rêves, c'est le luxe de ceux qui peuvent se les payer.

Bien sûr, il nous arrive de trouver sur notre route une âme charitable, comme le vieil homme du parc. Ce vieux monsieur qui vient tous les jours, seul, se poser sur le même banc, et qui nous rapporte quelques miettes à grignoter. Il y a quelque chose de triste en lui... À le voir seul, ici, je me dis qu'il a dû survivre à sa descendance, s'il en a eu une un jour...

On prend alors les miettes, en le remerciant d'un bref signe de tête, et on le laisse en paix. Il nous regarde avec compassion. Ce regard qui me manque tant et que je ne croise pas tous les jours. Peut-être que je lui rappelle son fils, et que c'est pour ça qu'il s'occupe de moi.

Je vous vois venir. Puisque ce vieil homme a de la considération pour vous, pourquoi retourner vous isoler après avoir volé ces miettes ? Alors quoi, vous voudriez que je me pose sur le banc avec lui et que j'entame la discussion ?

Il me demanderait :

« Comment ça va ?

— J'essaie de survivre », répliquerais-je.

Et lui, vu son âge, me répondrait : « Moi aussi, vous savez. »

Puis nous regarderions bêtement par terre, silencieux, cherchant une réponse à cette condition dans les grains de sable du parc.

Je me pose au calme sous un pont. J'ai beaucoup voyagé aujourd'hui. Je me sens fatigué. Une bonne sieste me fera du bien. Je contemple la surface de la Seine, ses remous me bercent. Mes paupières sont lourdes et ma vue se trouble au fur et à mesure qu'elles se ferment. J'entends le battement des ailes d'un pigeon qui résonne contre la pierre humide. Pauvre bête... Parfois, je m'en sens si proche. Sauf que les pigeons ne crèvent pas sous les ponts, mais nous, oui.

Autrefois, j'avais un travail et j'étais comme vous... Ne le suis-je pas toujours ? Votre réponse est non, et la mienne... La mienne, quelle est-elle ?

Comment finit-on là ? J'ai oublié. On oublie tout. On devient quelqu'un d'autre. On existe en société par les relations qu'on tisse, mais une fois qu'elles sont rompues, on n'existe plus. Ah... je fatigue... un peu trop. Je crois que ce soir, c'est mon tour. La lumière des projecteurs dessine des ombres sous le pont. Je crois que j'ai connu ces silhouettes... Mais ne me souvenant déjà pas de mon nom, alors comment reconnaître ces personnes qui sont impatientes de me voir ? Comment les retrouver de l'autre côté ?

Ceci étant, je suis sûr d'une chose : ici, personne ne remarquera ma disparation. Ici, personne ne me regrettera… Et vous ?

Le Mélodrame du Scientifique

La science nous explique que la vie n'est qu'une résultante hasardeuse d'un ensemble de facteurs dont la réunion était d'une probabilité infinitésimale. La Terre n'est ni plus ni moins que la détentrice d'un ticket de loto gagnant. Mais les vainqueurs de loterie le découvrent : l'argent ne fait pas forcément le bonheur. Alors la planète sait-elle si elle possède le bon ou le mauvais numéro ? Si la vie est apparue grâce à la plus miraculeuse chaîne de coïncidences, la mort, pour tout être, a une probabilité de 1. Et aussi irrémédiable soit-elle, cette garce occupe toutes nos pensées.

Nicolas pressa le tube de bleu outremer n°56 et déposa une petite noisette de pâte colorée qu'il ne parvenait pas à différencier du bleu foncé n°57. Seulement voilà, Sabina lui avait appris que celui-ci captait mieux la lumière ambiante, ce qui faisait de cette déclinaison sa préférée. Le garçon trempa les poils du pinceau sur la palette et fit tournoyer légèrement la tête de l'outil. La brosse se saisit d'un fragment de bleu et au fur et à mesure que les cercles s'agrandissaient, y additionna un peu de blanc. Les deux couleurs, comme des danseurs timides, zébrèrent de leurs teintes respectives une spirale bicolore puis lentement, l'alchimie s'opéra et une variante pastel de ce bleu outremer apparut comme par magie. C'était la métaphore favorite de Sabina qui comparait toujours l'histoire de leur couple à un mélange de peinture. Nicolas appliqua son pinceau délicatement sur la toile et traça une courbe disgracieuse. Il regarda longuement son travail et, affichant une moue découragée, reposa son matériel. Il alla se laver les mains et alors que le tourbillon d'eau multicolore s'échappait par le siphon, emportant avec lui le souvenir d'une nouvelle séance ratée, le jeune homme récupéra son alliance sur l'étagère poussiéreuse qui surplombait le lavabo. Il la glissa le long de son annulaire jusqu'à ce qu'elle retrouve cette marque blanche, témoin d'un port régulier de la bague. En repassant devant le croquis en cours, Nicolas émit une pensée devenue quotidienne : il n'était vraiment pas l'artiste du couple. Sabina l'était et lui, il ne s'y était mis que parce que, tout comme les couleurs sur la palette, il désirait se mélanger avec elle. Jaloux de la peinture fraîche qui atterrissait sur sa joue délicate, lorsque d'un geste inattentif elle se frottait le visage, il aurait voulu lui aussi tacher sa peau et s'y figer pour la caresser encore et encore, et ainsi pouvoir sentir chacun de ses sourires se dessiner. Mais Nicolas était un scientifique et il était en retard au travail.

Vêtu d'une blouse blanche de chimiste, d'une paire de gants et de lunettes de protection, Nicolas œuvrait dans un laboratoire aseptisé et monochromatique. La lumière aveuglante des néons ne faisait que renvoyer la pâleur des murs à s'en user la rétine. Cependant, le généticien de formation était concentré sur son expérience en cours. Avec toute la rigueur exigée par l'exercice, il confectionnait une solution au dosage aussi élaboré que n'importe quelle recette de grand chef. Son quotidien se résumait ainsi à l'orchestration répétitive de gestes préprogrammés en quête d'une vérité universelle qu'il ne comprenait plus.

Entre ces quatre murs, nous passons des heures, des jours, des semaines, des années entières à prospecter comme de vieux orpailleurs en quête d'un soupçon de métal doré. Encore et toujours, sans relâche, nous galopons comme des chevaux bornés d'œillères vers un but que nous ne connaissons même pas. « Mais la connaissance est le but ». Je crois qu'il fut une époque où j'étais en accord avec cet objectif fou. Maintenant, je ne saisis plus le temps dépensé à tâtonner pour découvrir l'inconnu. Ne devrions-nous pas plutôt rechercher les choses que nous avons perdues ? Celles auxquelles nous nous sommes attachées. Celles avec lesquelles nous avons construit des souvenirs qui nous identifient en tant que personnes. Celles qui ont disparu trop tôt, sans dire au revoir... Mais j'aurais beau retourner chaque parcelle de cette existence, où pourrais-je te trouver, Sabina ?

Depuis le décès de Sabina et après une période de deuil qui, aux yeux de Nicolas, avait paru incroyablement brève, le jeune homme avait retrouvé une forme de routine. Elle se décomposait en journées de travail et nuits entières passées à peindre des toiles et dessiner des croquis. Il ne voyait pas les heures défiler lorsqu'il était à l'œuvre, négligeant même ses repas et son sommeil. Or Nicolas était le seul à penser que son deuil était achevé parce que son quotidien se répétait avec simplicité. Il avait précieusement continué à se rendre au laboratoire, les tâches qu'il y effectuait étaient pour lui très concrètes et lui avaient permis de ne pas flancher. Mais le soir, avec ses pinceaux, il s'imposait un challenge bien plus délicat qui annihilait tous les efforts de la journée pour esquisser une vie sans sa femme. Et cela son entourage ne le comprenait pas. Aujourd'hui, comme fréquemment, Alison venait lui rendre visite. Meilleure amie de Sabina, elle affectionnait tout autant Nicolas et elle estimait de son devoir de veiller sur lui, aussi bien par rapport à sa défunte camarade que pour aider le jeune homme en cette période difficile. Même s'il faisait l'effort de la recevoir à chacun de ces «rendez-vous surprise», la fausse joie qu'il essayait de manifester ne trompait pas la jeune fille une seule seconde. Elle ne s'en offusquait pas mais cela la peinait quelque part, ressentant un profond sentiment d'impuissance. Alison jeta un coup d'œil rapide à la dernière toile de Sabina, alors que Nicolas tentait de la dissimuler l'air de rien, prétextant faire de la place pour s'installer. Elle la connaissait bien puisqu'elle faisait partie du même club de restauration d'œuvres d'art anciennes pour le musée local. Cet ultime projet était le portrait du couple qu'elle formait avec Nicolas. Le jeune homme s'était mis au défi de l'achever. Il n'y manquait que leurs visages et Alison pouvait deviner que le peintre amateur avait entrepris de combler les vides par de petites touches maladroites. Le chevalet où reposait l'objet en question disparaissait sous un amas de toiles d'entraînement qui avaient du mal à plaider en faveur des progrès artistiques du scientifique. Les murs recouverts de photos découpées où figurait Sabina offraient autant de modèles qu'il y avait eu d'esquisses ratées. Pour la meilleure amie du couple, il s'agissait surtout d'une torture que s'auto-infligeait Nicolas, constamment épié par le fantôme de son épouse. En général, Alison taisait son inquiétude mais lorsque le tableau s'évanouit prestement sous un vieux drap, elle ne put s'empêcher d'intervenir :

« Tu sais, je pourrais le finir pour toi. Cela me ferait plaisir de participer à ce dernier cadeau.

— C'est gentil, mais non merci, répondit le jeune homme, sans s'offusquer de la proposition.

— Ne voudrais-tu pas au moins que je t'aide, voire te donne des cours ?

— Non. J'ai bien conscience que je ne suis pas très doué, mais c'est une tâche qui m'incombe. Je ne suis pas pressé, j'y arriverai.

— C'est que…, tenta de renchérir Alison, le ton de sa voix trahissant une gêne manifeste.

— C'est que ?, l'encouragea poliment le garçon.

— Ces modèles, tu ne crois pas que c'est un peu déprimant ?

— Son sourire était la chose la plus radieuse qu'il m'ait été donné d'admirer de son vivant. Il a apaisé bien des tourments en moi et je ne vois pas pourquoi il en serait autrement après sa mort. »

Face au mot tabou, Alison céda.

« Si tu t'entêtes, fais un effort sur tes couleurs. Ça ne va pas du tout. Je pourrais au moins pouvoir t'apprendre les arbres de teintes. »

Nicolas sourit mécaniquement comme s'il avait pressé le bouton qui actionnait ses zygomatiques.

« Merci, j'y ferais particulièrement attention. »

Il proposa aussitôt à Alison de quoi se désaltérer comme pour changer le sujet de conversation. Ils trinquèrent silencieusement, vidant lentement le contenu de leur verre. Pendant qu'ils ponctuaient ce silence de simples banalités, Nicolas parvint encore à taire son terrible secret : depuis le décès de Sabina, le jeune homme ne voyait plus les couleurs. Plus une seule. Le monde se déclinait maintenant en nuances de gris comme le reflet de son âme attristée. Il n'avait consulté aucun médecin, averti aucun proche. Il gardait consciencieusement cela pour lui afin de ne pas divulguer ce qui était, à ses yeux, une preuve de faiblesse. Un symptôme de son mal-être qui ne semblait pas décider à s'atténuer et qu'il voulait dissimuler aux yeux de son entourage.

« Eh bien je vais te laisser. Je ne peux pas rester longtemps ce soir, j'ai une course urgente à faire », prétexta son amie.

Le mensonge était palpable mais bienvenu. Nicolas avait pris l'habitude d'ignorer la multiplication de ces petites entorses à la vérité de la part de ses proches pour éviter avec soin de s'embourber dans des situations gênantes comme celle qui venait de se passer à propos du portrait. L'esprit légèrement égaré, il raccompagna Alison et revint contempler l'amas de croquis ratés aux couleurs discordantes qu'il ne distinguait même pas.

Comment expliquer à tous ces gens bienveillants que je refuse catégoriquement leur aide ? Je n'ai besoin ni d'un ami ni d'un artiste pour finir ton tableau parce que le but n'est pas de l'achever. Je souhaite juste, en tenant tes précieux pinceaux, pouvoir caresser encore un peu ce qui caractérisait ton essence. Je veux simplement pouvoir extraire de ces morceaux de bois la passion dont tu les as imbibés. Te survivre ne semblait pourtant pas si dur dans un premier temps. Malgré la tristesse, on s'aperçoit vite que notre corps a quand même faim, que l'on dort lorsque l'on est fatigué. Les sourires reviennent, majoritairement pour faire bonne figure en société, pour ne pas imposer notre chagrin à ceux qui ne l'acceptent pas de peur qu'il soit contagieux. Et les jours s'égrènent. Un quotidien nouveau voit le jour et semble même supportable. Mais lorsque je peins, je me sens connecté à toi. Je m'interroge sur mes méthodes, sur mes progrès. Triste intellectuel que je suis, j'essaie de m'émouvoir des arts. Je déambule dans les musées, je lis des ouvrages. Toutes ces gravures en noir et blanc me font tourner la tête mais aident, petit à petit, à guider mon bras plus confiant. Parfois, inconsciemment, j'anticipe tes réactions. J'imagine des encouragements, de la surprise voire des critiques justifiées mais c'est alors que je me réveille. Je réalise que ce jour fantasmé où tu refranchirais la porte de la maison n'adviendra jamais. Comme si je balayais les cendres qu'il reste de toi, à défaut de pouvoir guérir ma souffrance, je l'oublie. Et cela me rend fou de réaliser que je peux aussi facilement laisser s'évanouir le souvenir de ta mort car j'ai peur que cela soit ton image entière qui finisse par s'estomper totalement de ma mémoire. Est-ce pour cela que je n'arrive pas à coucher ton visage sur cette toile ?

Plus tard dans la soirée, au moment où ses yeux brûlaient de sommeil, Nicolas céda à la fatigue. Il referma son livre de chevet, *L'écume des jours*, qu'il lisait encore et encore depuis le décès de Sabina. Le triste destin de ce jeune couple, la maladie de Chloé, sous la plume poétique de Boris Vian, faisait écho à sa propre expérience. Mais sa démarche n'était pas de chercher l'apaisement en trouvant des émotions similaires à son chagrin. Bien au contraire, il s'infligeait à chaque lecture un nouvel épisode de la disparation de l'être aimé. Pour tenter de comprendre. Pour tenter de comprendre... Arrivaient ensuite les moments qu'il redoutait le plus. Ces instants de solitude où l'on s'abandonne à ses pensées, à ses démons. Ces réflexions intimes à l'assourdissant écho qui vous hurlent : dorénavant, quoi que vous fassiez, vous êtes seul. Une larme coula sur la joue de Nicolas puis fut absorbée par l'oreiller, encore humide de la veille.

Un nénuphar ? Le mal qui t'a rongé de l'intérieur n'avait rien de comparable avec une fleur, encore moins la souffrance que tu as dû endurer et qui t'a lentement métamorphosée. Les racines de ce cancer t'ont essoufflé jusqu'à ton dernier soupir. Toute notre belle recherche et notre ego scientifique si impuissant face à la course rapide de la dégénérescence des corps. Après tout, pourquoi courir après l'utopie de l'immortalité puisque tout biologiste de base sait que la mort fait partie intégrante du cycle de la vie. L'évolution des espèces ne passe que par la transmission générationnelle du patrimoine génétique. Mais il a fallu que l'homme se dote d'une conscience. Maudit serpent qui nous susurre à l'oreille bien des dilemmes qui nous tiraillent de toutes parts. Ne pouvions-nous pas juste profiter de notre existence sans nous poser de questions qui n'ont pas de réponses ?

Comme à chaque fois qu'il en ressentait le besoin, Nicolas se rendit sur la tombe de Sabina pour s'y recueillir. La vision dichromatique semblait parfaitement convenir au décor froid et austère des alignements de stèles plus ou moins neuves. La Faucheuse récoltait sa moisson continuellement, peuplant les allées sordides de nouveaux locataires. Mais comme pour n'importe quel visiteur intéressé, il n'existait qu'une seule sépulture, le reste appartenait à un flou général qui rehaussait l'impression de solitude. Pour Nicolas, il s'agissait de celle de sa femme. Il y déposa un bouquet de roses dont il ne connaissait pas la couleur. Il avait juste estimé que leur éclat était plus intense que celui de leurs consœurs. Il détailla la pierre tombale en forme de croix, symbole chrétien. Même si la science n'était pas incompatible avec la religion, les convictions personnelles du jeune homme le maintenaient fermement à ce dogme : on naît, on vit, on meurt.

« Sabina. Une fois encore, je me retrouve planté là, délirant à haute voix. Pourquoi est-il si dur d'admettre pour toi ce que je conçois parfaitement pour l'ensemble du règne animal ? Pourquoi un grain de sable vient-il coincer les rouages de mes réflexions sur l'idée fixe qu'il n'existe rien après la mort ? J'ai toujours imaginé que les croyances dans l'après-vie faisaient partie d'une explication maladroite du sens de notre existence par les populations craintives. Pour faire taire cette peur que la vie n'a pas d'autres raisons que d'être. Simplement d'être. »

Le garçon pencha la tête en arrière et observa les nuages blancs dans le ciel. Celui-ci était-il bleu ou gris ? Il n'en avait aucune idée.

« Suis-je vraiment devenu incapable de discerner les couleurs ou bien les as-tu emportées avec toi ? Le monde est devenu si gris en ton absence. Les aliments ont toujours la même saveur, mais je ne les apprécie pas autant. Je ris parfois, mais je ne m'amuse pas. Je pleure… mais je ne me console pas. Les jours passent et je m'en accommode. Serait-il plus facile de croire ? Croire au paradis, croire à l'après-vie, aux fantômes, à la réincarnation ? Serait-il plus aisé de me dire que tu continues d'exister loin de moi, que tu veilles sur moi ?

Pourquoi trouverais-je du réconfort à l'idée que tu n'es devenue qu'un sac de terreau organique bon à fertiliser le sol de ta parcelle et à nourrir les vers ? Et pourquoi ce foutu esprit scientifique qui me pousse à m'interroger sur le monde ne me questionne-t-il que sur ta mort, me rappelant ainsi ta disparition définitive ?

Si tant est que ma science soit exacte, réelle, que les choses se passent ainsi,... ne puis-je pas... pour une fois... imaginer que tout est différent ? Acceptes-tu que je me renie pour toi ? Que je fasse une exception pour me convaincre que je me suis aveuglé toutes ces années, que ma spiritualité s'est éveillée sur une réalité plus vaste et mystérieuse que celle dans laquelle nous cantonne la science de ses imposantes œillères ? Et si vraiment je ne crois pas à toutes ces inepties, pourquoi ne puis-je m'empêcher de te parler comme si tu pouvais m'entendre, peu importe l'endroit où tu es ? »

Sous ses yeux se délièrent les volutes brumeuses qui composaient et décomposaient les nuages de l'immensité stellaire. Le ballet aérien rappela à Nicolas son enfance partagée avec Sabina qu'il connaissait depuis sa plus tendre jeunesse. Il se remémora les longues heures passées en sa compagnie à détailler les géants du ciel, à se rouler dans l'herbe ou encore à se baigner dans la rivière.

« Depuis quand ai-je arrêté de regarder les nuages ? Est-ce depuis que je les appelle *cumulonimbus* et non plus dragons, licornes ou baleines ? Pourquoi ce lézard que nous avions mis tant d'acharnement à capturer pour finalement sursauter de frayeur au moment où nous l'avions touché m'indiffère-t-il depuis qu'il s'appelle *Podarcis muralis* ? Est-ce de connaître les organes reproducteurs des fleurs qui m'empêchent d'en apprécier le parfum ? Ai-je troqué mon émerveillement pour le monde contre sa compréhension ? Pourtant, il me semblait bien encore pouvoir m'ébahir devant l'inexplicabilité de l'éclat de tes yeux lorsque tu me disais *je t'aime*… »

Une longue courbe blanche se dessina dans le ciel comme sous l'effet d'un coup de pinceau à l'orientation inspirée. Qu'il en saisisse le tracé surprit Nicolas qui se figea sur place. En était-il de même pour son esprit en constante quête de réponses ?

De retour chez lui, il ferma le verrou de sa porte. Il ne voulait pas être dérangé, pas ce soir. Il alluma le salon, installa le chevalet au centre, bousculant ses croquis ratés, puis dirigea la lumière de l'halogène sur la toile de Sabina. Aucun de ces dessins inachevés n'aurait pu témoigner de progrès suffisant pour qu'il puisse prétendre achever l'œuvre de sa défunte compagne. Pourtant en cet instant, il se sentait prêt. Il dévissa les tubes de peinture sans même s'en référer aux noms poétiques qui leur étaient attribués. Il apposait, les unes après les autres, des noisettes de pâte sur la palette, et procéda instinctivement au mélange. Il finit par tremper son pinceau qui emporta avec lui un peu de cette substance qu'il appliqua avec délicatesse sur la toile. Les poils, légèrement courbés sur la fibre tendue, délivraient sa caresse à la marque colorée. Du geste parfois lent et précis au brossage nerveux presque brutal, Nicolas semblait habité par une concentration intense.

Un vase, même fêlé, n'est-il pas encore un vase ? Ne suis-je pas, malgré ces fêlures, toujours aussi fonctionnel ? Sans pour autant oublier ces fleurs que j'ai accueillies pour un temps et qui m'ont embelli, et sans vouloir pour autant m'ornementer d'une nouvelle parure, ne suis-je pas tout aussi capable d'exister avec ces blessures ? Sabina, je ne sais pas si je peux vivre sans toi, mais je peux toujours essayer.

Parce que Nicolas avait compris que ses questions n'avaient pas de réponses à trouver, que même si elles existaient, elles importaient peu car il n'y avait que la vie qui comptait et qu'il était libre de la concevoir comme il le désirait, le miracle se produisit. Il déposa ses outils et prit quelques pas de recul pour admirer le résultat de son travail. Au milieu du salon, le tableau parachevé se voyait doté des visages du couple. Ils étaient méconnaissables. Les traits grossiers étaient incapables de rendre grâce à la beauté de leur jeunesse. Les couleurs, aussi fades qu'incorrectes, auraient rebuté quiconque faisant preuve d'un minimum de bon goût. Pourtant, Nicolas affichait une mine satisfaite. Les contrastes ne choquèrent pas l'admiration du garçon puisqu'il ne distinguait toujours pas les teintes. Ce qui était essentiel pour lui, c'était d'avoir pu reproduire cette longue courbe que le ciel, ou quelqu'un, lui avait soufflée : au milieu de ce gribouillis presque enfantin, Sabina lui souriait. Et encore plus important, un second et large sourire s'était dessiné sur son propre visage.

FIN

Arc-en-ciel en braille

Nouvelle lauréate
du Prix Odette Massfelder 2008.

« B*onjour, bon réveil et bonne journée ! Le soleil se lève sur la France. Il est 7h30 et vous êtes à l'écoute sur...* »

Mes doigts, à force de tâtonner, trouvèrent enfin le bouton d'arrêt de l'alarme, et la radio cessa tout vacarme. J'avais positionné la molette du volume au maximum, pas question de subir une nouvelle panne d'oreiller et de rater mon rendez-vous. La conséquence stupide de ce geste fut un sursaut de panique, le temps que je comprenne la raison qui m'avait éjecté ainsi de mon sommeil. Pourquoi les gens de la radio s'évertuaient-ils à créer des génériques aussi bruyants ? En revanche, la conséquence heureuse de ce réveil forcé était une pleine conscience et non l'état de demi-somnolence dans lequel j'avais coutume d'entamer mes journées. Je crois que l'excitation et l'impatience que me procurait l'idée de mon rendez-vous contribuaient grandement à ma bonne humeur. En un geste, la couette se retrouva au pied du lit. Quart de tour vers la droite, relever le buste, atterrissage des pieds sur la moquette moelleuse. Je me lève. Rien ne m'empêchera d'être heureux aujourd'hui, j'en suis convaincu. Et je me lançai. « Un... deux... trois... » Dans ma tête, j'énumérai mes pas, ou plutôt, j'en faisais le décompte, car à chaque nouvelle enjambée, c'en était un de moins à faire jusqu'au lieu de mon rendez-vous ! Ainsi, comme une vraie trotteuse de montre, je cadençais mon trajet de façon régulière. Je délaissai la douceur de la moquette pour retrouver la froideur du carrelage de la salle de bain, qui me fit frissonner des pieds à la tête. J'accueillis cette fraîcheur matinale les dents serrées et un sourire crispé sur les lèvres. Je tâtonnais de la main pour attraper la lunette des toilettes et la relever. Le plus urgent étant fait, j'organisai mes pensées afin d'établir un plan d'attaque pour la préparation de ma personne. Petit déjeuner, douche, choix vestimentaire, et je serai paré à passer la porte pour filer droit vers ce qui rendrait cette journée si spéciale. Je continuais mon petit rituel de comptage. C'était devenu une habitude. Si bien que je connaissais les dimensions de l'appartement par cœur et la longueur de chaque trajet imaginable entre tel et tel meuble ! Peut-être que dans d'autres circonstances, j'aurais pu être architecte ou géomètre. Mais voilà, un architecte aveugle, ça aurait été une première mondiale !

Je revenai mouillé, ruisselant de l'eau chaude de la douche. J'adorais sentir les gouttelettes me chatouiller, quand elles dévalaient les pentes de mon corps depuis la racine de mes cheveux jusqu'à la pointe de mes pieds. C'était pour cela que je n'utilisais jamais de serviette de bain pour me sécher. De toute façon, la température de l'appartement était assez élevée pour que je sois sec avant d'avoir fini de choisir mes vêtements. Mes doigts farfouillèrent dans ma penderie, à la recherche de mon costume préféré. Je ne savais pas comment les autres aveugles faisaient pour élire leur tenue favorite... Pour moi, c'était celui dont le tissu était le plus doux à caresser, et la texture la plus agréable à porter. Cependant, il ne fallait pas faire trop formel, ce n'était pas un rendez-vous d'affaires non plus. J'optais alors pour un costume de flanelle accompagné d'un t-shirt moulant, dans lesquels je me sentirais fort à mon aise, question de contact. Et voilà, classe mais décontracté, c'est le secret ! Du bout des doigts, j'ajustai une dernière fois ma coiffure, puis tout droit, direction la porte de sortie. Alors que ma main gauche se refermait sur la poignée, la droite se saisit de ma canne d'aveugle, entreposée non loin de l'entrée, prête à assurer son devoir. Il lui restait quelques minutes de répit, jusqu'à ce que je quitte l'immeuble, avant de fouler de nouveau le bitume des trottoirs. Elle était, pour moi, l'exploratrice des temps modernes. D'ailleurs, rien ne pouvait m'empêcher de m'imaginer dans une forêt tropicale, ou alors dans une plaine dont l'herbe serait balayée par le vent d'Est. En fait, si : le bruit des voitures et l'odeur des pots d'échappement, le brouhaha des conversations et la senteur nauséabonde générale de la ville. Tout, quoi... Je poussai la porte de l'immeuble et me retrouvai dans la jungle : la jungle urbaine. Le nombre de prédateurs qu'on y trouve, lorsqu'on est aveugle, est décuplé. Chaque piéton rencontré est potentiellement un obstacle. La canne, qui établit sa mission de reconnaissance, est comme un badge disant « attention aveugle ». Bien sûr, je ne demandais pas aux gens de s'écarter de mon chemin et de dérouler le tapis rouge, bien sûr que non. Je ne me prends pas pour le nombril du monde. Mais il devient rapidement gênant de frapper les personnes de ma canne lorsque je tente me frayer un passage, ceux par exemple qui attendent le métro sur le quai.

« Excusez-moi.

— Pardon. »

Et à chaque fois, ça ne manquait pas, je me retrouvais à culpabiliser d'avoir failli percuter quelqu'un, mais comment aurais-je pu l'éviter ? Et neuf fois sur dix, j'entendais, avant de continuer mon chemin, un soupir, comme un reproche cruel envers ma cécité. Enfin...

Soudain, quelqu'un se colla à moi, glissant précipitamment son bras sous le mien.

« Ah tu es là ! Alors tu te sens comment ? »

C'était la voix d'Arnaud, mon meilleur ami, déjà survolté. Mais aujourd'hui, nos enthousiasmes respectifs se faisaient une rude compétition pour remporter la coupe de la bonne humeur.

« Je trépigne d'impatience, penses-tu ! » lui dis-je.

Je l'avais invité à m'accompagner, en ce jour important. Et, en bon camarade, il avait tout de suite accepté. Je ne le lui disais rien mais mon sourire lui exprimait toute ma reconnaissance. Au cours du trajet, je fus questionné en long et en large sur mes impressions, mes attentes, mon sentiment sur ce qu'allait m'apporter cet entretien. À vrai dire, j'étais ailleurs, déjà là-bas. Je n'arrivais pas à me concentrer suffisamment sur ses interrogations pour y répondre correctement. Il s'en rendit rapidement compte et cela déclencha chez lui un rire franc. Il me tapota l'épaule et, conscient de mon impatience, cessa de me torturer l'esprit avec des questions parasites. Grâce à lui, la fin du trajet se passa sans encombre. C'est pratique de pouvoir se faire guider dans un endroit inconnu.

Cela faisait une dizaine de minutes que nous attendions à l'accueil. Pour moi, cela dura des heures !

« Monsieur ?... Monsieur ?

— Hein, oui ?

— Nous allons vous recevoir. Venez avec moi, je vous prie.

— Oui... »

Je m'éveillai d'un seul coup de la torpeur qui m'avait envahie, et me rendis compte que le moment était venu. Mon ami me prit le bras et me fit suivre cet homme. Je me risquai à une question : « Vous m'emmenez à lui ? »

Ma voix était remplie d'émotion et d'impatience, ce qui fit rire l'homme qui devait être habitué à ce genre de réaction chez ses clients. « Oui ! Il nous attend sagement. D'ailleurs, nous sommes arrivés », me dit-il d'un ton rassurant.

J'entendis le bruit du verrou puis une porte s'ouvrir sous l'action de la poignée. Nous pénétrâmes dans une pièce. Bien sûr, je ne savais pas à quoi elle ressemblait, pas plus que toutes celles que nous avions traversées auparavant.

Mais j'avais une certitude : dans celle-ci se trouvait la raison de ma venue et cela suffisait à lui conférer une atmosphère particulière. J'en tremblais. Une peur soudaine me noua l'estomac et assécha ma gorge. J'étais intimidé à l'idée de le rencontrer.

« Où... où est-il ?

— Il est juste là. Viens voir, Jazz. »

Aussitôt, j'entendis ses quatre petites pattes de chien se mettre à trottiner, faisant cliqueter ses griffes sur le carrelage. Je devinai qu'il se rapprochait de moi, au bruit de sa respiration haletante. Il s'arrêta alors aux pieds de son dresseur, tout près de moi. « Jazz, voici ton nouveau maître, dis-lui bonjour. »

Je tendis mon bras tremblotant, cherchant à tâtons, à demi paralysé. Et c'est lui qui fit le premier pas et vint me renifler la paume, curieux de connaître mon odeur. Le contact de sa truffe humide guida ma main. Nous procédâmes ainsi à une découverte mutuelle, un bref apprentissage de l'autre. Il humait mon parfum autant que je palpais son museau. Je caressai sa tête et descendis le long de l'encolure. Les poils se faisaient plus longs. Je glissais mes doigts dans son pelage, doux et épais. Je me penchai vers lui, posant un genou à terre, et j'enlaçai mon chien. Oui, maintenant, c'était mon chien.

Il serait bien plus qu'un guide pour moi. Je l'aimais déjà, *mon chien*...

Le dresseur s'évertuait à me décrire chacune de ses recommandations et j'acquiesçais à chacune d'entre elles, alors que je n'assimilais même pas les quelques bribes de mots que je parvenais à capter, trop occupé à cajoler Jazz. Puis, soudain, une question me vint à l'esprit, tellement spontanément que je l'interrompis en plein discours, sans me soucier de l'importance du conseil qu'il me donnait alors.

« De quelle couleur est-il ? », lui demandai-je.

Un silence gêné suivit mon interrogation. Je sentis le dresseur et mon ami perplexes, alors que Jazz, lui, me faisait toujours la fête.

« Je pourrais vous dire sa couleur, mais son nom n'évoquerait rien pour vous », risqua-t-il de façon timide, de peur d'être irrespectueux.

Moi-même, je cherchai à savoir pourquoi ce détail m'était venu à l'esprit... Je voulais découvrir mon chien et, peut-être, un instant, j'ai cru parvenir à le visualiser, avec sa couleur. Finalement, ce fut moi le plus gêné de nous trois et, à nouveau, j'interrompis le dresseur qui, avec gentillesse, s'apprêtait à répondre à ma stupide question.

« Vous avez raison. Oubliez ça. Je ne sais pas à quoi je pensais. L'émotion sans doute. »

« Oui sans doute. », répondit-il.

L'ambiance devint plus pesante, embarrassés comme nous l'étions. Mon ami et moi partîmes rapidement. Je m'en voulais de les avoir mis dans cette situation, lui et le dresseur. C'était fréquent. Lorsqu'on se présente avec un handicap, les gens savent rarement comment réagir et cessent aussitôt de parler. Muet, Arnaud l'était resté pendant tout le retour, jusqu'à ce que nous arrivions chez moi.

« De quelle couleur est-il ? »

Ni le dresseur ni moi n'avions osé répondre à sa question. Et alors, à peine avait-il rencontré son chien Jazz, qu'il se confrontait déjà à une déception. C'était la première fois depuis que je le connaissais qu'il s'interrogeait sur la couleur de quelque chose. Et à vrai dire, avant cet instant précis, je n'avais jamais cherché à savoir comment il interprétait les teintes. La vérité, c'est qu'il ne le pouvait pas, ce qui n'avait pas manqué d'embarrasser le dresseur. Quel dommage c'était : non seulement il était privé des formes et contours des objets et des personnes qui l'entouraient, mais en plus de leur aspect. C'était d'une telle évidence que ça ne m'avait pas frappé, et je comprenais maintenant le malheur de ce handicap. Jamais il ne pourrait admirer un coucher de soleil aux mille teintes flamboyantes, ni un ciel de pleine lune, parsemé d'une myriade d'étoiles, ni une forêt au feuillage printanier vert tendre, transpercé par des raies de lumière chatoyante, ni cette même forêt, en automne, dans son linceul annuel d'or et de rouille. Il n'avait pas conscience de perdre tout cela évidemment, mais... c'était du gâchis que de ne pas connaître les beautés colorées du monde qui nous entoure. Me vint alors à l'idée, ce défi saugrenu de lui apprendre les couleurs. Et pendant tout le trajet du retour, je m'attelais à cette tâche : essayer d'imaginer un moyen efficace pour lui faire découvrir l'arc-en-ciel. Ma première idée était d'associer une nuance à un objet du quotidien. Une orange c'est orange, une banane c'est jaune, une rose c'est rouge…

J'avais la conviction d'avoir trouvé là une méthode d'apprentissage convenable, mais je retombai tout à coup dans la triste réalité des choses, me rendant compte de l'absolue inutilité de celle-ci. À quoi lui servirait-il de savoir qu'une orange est orange, n'ayant jamais vu le fruit en question. L'association d'idées ne se ferait pas, et il ne serait pas plus avancé. Je dois avouer qu'à cet instant, je ne me sentis pas bien brillant, mais je ne baissai pas les bras pour autant. En fait, je restais même convaincu que, quelque part, cette méthode se basait sur des fondements logiques. Mais je devais relier chaque teinte à quelque chose qu'il pouvait percevoir. Mais oui ! La perception bien sûr. C'est là-dessus qu'il fallait moduler l'idée. Il n'avait jamais possédé la vue, mais il était doté des quatre autres sens : l'ouïe, l'odorat, le toucher et le goût, sans oublier son esprit imaginatif. C'est à ces quatre sens-là que je devais associer les couleurs !

Et voilà que nous arrivions déjà chez lui, moi qui étais maintenant en train de me demander comment aborder le sujet... Il me suffirait juste de me lancer, me dis-je. À peine avais-je refermé la porte que j'entamais donc mon enseignement.

« Le ROUGE. Le rouge, c'est la chaleur ! C'est un bain trop chaud qui te noie dans la torpeur, c'est un feu trop proche qui te brûle la peau. »

Décontenancé, c'est le mot qui colla le mieux à l'expression de son visage. Il n'osa pas m'interroger et resta bouche bée. Me prenait-il pour un fou ? Il semblait perdu, cherchant quelle réaction adopter, puis, après d'interminables secondes, il sourit.

« Continue… », me murmura-t-il, avec une pointe de curiosité et d'impatience dans la voix.

Je répondis à son sourire, sans qu'il puisse le voir. J'étais si heureux de susciter son intérêt ! Mon idée fonctionnait.

« L'ORANGE. C'est tiède ! C'est la soupe qui te réchauffe de l'intérieur, c'est ta couette, le matin en hiver, dans laquelle tu te blottis. »

« Le JAUNE. C'est le duvet du poussin. C'est ta peau qui se chauffe sous le soleil à la plage. »

« Le VERT. C'est l'odeur du gazon fraîchement tondu. C'est une prairie dans laquelle tu t'allonges et tu te roules. »

Au fur et à mesure, son visage rayonnait et, à chaque nouvelle couleur, je poursuivais avec encore plus d'enthousiasme.

« L'INDIGO. C'est la mer ou l'océan dans lesquels tu te baignes, le bruit des vagues, l'humidité de la marée, le parfum de l'iode, le sel marin. »

« Le BLEU. C'est le froid, le vent des matins d'hiver qui te fait frissonner, une pluie fraîche et agréable qui te mouille et ruisselle sur ta peau. »

« Le VIOLET. C'est le parfum de la lavande ! C'est l'odeur et le goût des bonbons à la violette, ce sont des guimauves moelleuses et sucrées ! »

« Voilà, tu connais les couleurs de l'arc-en-ciel !

— Et le marron ? », me demanda-t-il.

Je ne m'attendais pas à ce qu'il soit gourmand de couleurs à ce point. Je n'étais même pas sûr que cela marche et voilà que je me retrouvais désarmé, n'ayant pas imaginé d'autres associations. Le mieux était encore de me laisser aller et d'improviser.

« Le MARRON... voyons... C'est dur et rugueux, comme l'écorce d'un arbre ! »

Et à chaque évocation de couleur se peignait sur son visage une expression tantôt de joie, tantôt de tristesse, selon l'association. Ses émotions s'imprégnaient du concept de chaque nuance.

« Et le beige ?

— Le BEIGE, c'est crémeux ! C'est l'onctuosité d'un yaourt, c'est le lait qu'on te passe dans le dos, pour un massage !

— Le rose ?

— Le ROSE. C'est un rouge plus clair, donc plus doux. C'est une chaleur tendre, c'est une femme qui te prend dans ses bras et colle son corps contre le tien.

— Le gris ?

— Le GRIS, c'est un orage qui éclate, un silence pesant que le tonnerre déchire, une forte pluie, un vent glacé.

— Et le blanc ?

— Le BLANC, c'est la pureté. C'est le rire d'un enfant, ce sont les larmes de joie d'une femme, c'est le goût de la neige ! Le blanc ne s'évoque pas sans le noir. Le NOIR, c'est...

— Non, arrête, m'interrompit-il. Celui-là, je le connais bien. Le noir, c'est le néant, le chaos, l'absence de tout. Le noir, c'est ce que je vois depuis ma naissance. », continua-t-il d'un ton las.

Il se blottit contre Jazz et le cajola. Il l'aimait déjà énormément. Il serait sans doute un grand ami pour lui. Je m'approchai d'eux et donnai moi-même une caresse à Jazz. Puis je me penchai vers son maître.

« Non, tu as tort. Le NOIR, c'est la couleur de ton chien. »

Il tourna la tête vers moi, comme s'il avait voulu me regarder droit dans les yeux, les siens s'humidifiant au fur et à mesure qu'il réalisait que le noir ne serait jamais plus, pour lui, la couleur de sa cécité, mais celle de ce cadeau qu'il avait aujourd'hui reçu.

La première larme coula lorsqu'il me dit avec la voix la plus sincère au monde : « Merci. »

Jazz interrompit la discussion d'un coup de langue sur la joue de son maître en réponse aux caresses affectueuses que celui-ci lui donnait allègrement depuis tout à l'heure. Il serra le chien dans ses bras.

« Faites connaissance tous les deux, je repasserai plus tard. »

Et alors que je m'apprêtai à sortir, je l'entendis me rappeler pour me dire :

« Je ne suis pas encore un expert en couleur. Mais l'OR, c'est la couleur de notre amitié. »

Et cette fois-ci, nous fûmes deux à verser une larme.

FIN

V.M. Location

Vomi et Malaise LOCATION

Une sensation humide m'extirpa d'un black-out dont la source demeurait inconnue. Je me réveillai face contre terre ; mon crâne n'était que douleur et rien ne répondait à mes commandes. Que ce fût mon cerveau ou bien cette putain de vieille carcasse, l'un des deux était en mode off. Et puis le contact insistant du bitume mouillé sous ma joue n'augurait rien de bon. J'espérais ne pas me retrouver encore dans mon vomi.

Lorsque je compris enfin que mes yeux n'étaient pas embués mais qu'un rideau de flotte tombait du ciel, je me sentis rassuré. Aucun relent de repas n'était collé sur mon épiderme endolori, ce n'était que de la pluie qui nettoyait la crasse des trottoirs et éventuellement la mienne.

J'essayais de faire appel au bon vieux père cortex pour analyser ma situation. Premièrement, j'étais allongé au beau milieu d'une ruelle sombre. Il pleuvait à torrents une eau glacée et il faisait nuit. Pourquoi ne me mettais-je jamais minable par une belle matinée de printemps ? J'avais mal au crâne, très mal au crâne. Quoi d'autre ? Mon haleine ne sentait pas l'alcool, enfin pas plus que d'habitude. En revanche, j'humai une odeur de sang, reconnaissable entre toutes. J'étais blessé et maintenant je savais d'où venait cette douleur à la tête. Je cessais bien vite de me plaindre. Apparemment, je m'en sortais mieux que les deux types qui gisaient à quelques mètres de moi, complètement immobiles et sans doute inconscients. « Pas morts, j'espère. Pas avant que je ne me sois tiré d'ici en tout cas. » Dans quelle merde je m'étais encore fourré ?

C'est alors que je le vis. La pluie dissimulait tant bien que mal sa silhouette, mais son costume ridiculement blanc le découpait sans peine du triste décor. Il me tournait le dos et s'éloignait en silence. J'admirais un corps droit et puissant. Mes yeux divaguèrent et je crus détailler les contours d'une montagne recouverte de neige, en lieu et place de cet inconnu. Les hallucinations n'étaient que le signe avant-coureur d'un délire plus sérieux. Mes lèvres remuèrent toutes seules et les mots sortirent presque contre ma volonté.

« Vous ne mettrez plus la main sur mon kiki ! »

L'inconnu s'arrêta, sans doute paralysé par la surprise et je le fus tout autant… Qu'est-ce qui m'avait pris de débiter ces conneries ? Il fit demi-tour. Je tentai de percer le secret de son visage mais tout se mit à tourner. De nouveau, je sombrai dans les abysses de mon inconscience, en essayant de reconstituer le puzzle qui m'avait mené jusqu'à cette ruelle.

Vie de Merde LOCATION

Dans ma profession, toute identité est inutile. Je suis ce qu'on pourrait désigner communément comme un vengeur masqué. Je rétablis un soupçon de justice, là où les forces de l'ordre ont échoué. Je suis l'ultime barrière qui évite à la civilisation de sombrer dans le chaos. Enfin ça, ce sont les conneries inscrites sur la quatrième de couverture de la plupart des comic-books. Je ne me rappelais plus la dernière fois que j'avais trouvé ça cool. En revanche, gamin, j'étais fasciné par ces héros volants, au point de vouloir leur ressembler. À peu près comme tous les gosses en fait. Sauf qu'à cause de mon cerveau défoncé à l'encre de BD, j'avais eu l'idée géniale de vraiment devenir un vengeur masqué. Ce qui était bel et bien raté. La réalité fait mal, surtout les coups qui en surgissent.

Ma deuxième pire grande idée fut de ne pas abandonner mon rêve malgré une série d'échecs cuisants.

Enfin, la dernière étincelle de non-génie à émerger de mon intellect fut d'ouvrir une entreprise de location de mes services. Je suis ainsi devenu le seul mercenaire au monde à porter des collants blancs et un masque d'Halloween bon marché. Autant vous dire que les clients n'affluaient pas.

Et pourtant ce matin-là, le téléphone sonna. Écroulé sur mon bureau, je me réveillai en sursaut, rompant de fait le filet de bave qui me reliait au tas de factures, digne édredon de fortune. Ma main tremblante décrocha le combiné et le conduisit à mon oreille. Une voix forte et aiguë me déchira le tympan.

« Je suis bien chez V.M. Location ?

— C'est cela même M'dame. Que puis-je pour vous ?

— J'aimerais faire appel à vos services. Vous chargez-vous bien d'intervenir pour pallier à l'incompétence des policiers ? »

Ça sentait la question piège : trop de mots compliqués pour ressembler à l'un de mes rares clients. Et pourtant, je m'entendis répondre :

« Oui M'dame.

— Très bien. Dans ce cas, vous devez être surchargé. Quand puis-je venir à votre bureau ?

— Attendez M'dame. Il faut que j'regarde ça. »

Je farfouillai dans un tas de papiers faisant le plus de bruit possible, juste histoire de…

« Quelle heure est-il ?

— Il est 14h18.

— 15h, ça vous irait ?

— Très bien. À tout à l'heure, Monsieur.

— R'voir M'dame. »

Une cliente, pincez-moi je rêve ! C'était ce que j'avais pensé sur le coup. Je m'étais redressé sur ma chaise. J'avais deux choses à faire impérativement. Premièrement, finir ma bouteille de whisky pour accuser le coup. Deuxièmement, descendre acheter une nouvelle bouteille avant son arrivée ; une cliente, ça se fêtait.

Vengeance Minable LOCATION

La silhouette dessinée sur la vitre de mon bureau était féminine et sensuelle mais la porte s'ouvrit sur une petite bourgeoise de pacotille et d'un âge avancé. Vêtue de fripes faussement chic et de bijoux en toc, elle s'avança pour s'installer face à moi. Je ne savais pas si c'était la tonne de maquillage mal étalé ou son expression de dégoût provoqué par mes méthodes de rangement inexistantes qui lui donnait l'air d'un vieux clown triste, mais son visage ainsi peinturluré me faisait penser qu'elle était encore plus masquée que je ne l'étais.

« Bonjour M'dame… ?

— Von Batrista. Je m'imaginais un service d'une autre qualité… Enfin je suppose que je n'ai pas le choix. La police refuse de m'aider.

— Expliquez-moi votre blème, M'dame Batrista.

— Von Batrista ! Hier soir, je rentrais d'une pièce de théâtre… »

Elle aurait dû plutôt dire du bar du coin où elle était partie cuver sa solitude.

« … lorsque deux hommes m'ont agrippée sauvagement et m'ont entraînée dans une petite ruelle. Et là…

— Et là ?

— Ils se sont saisis de mon kiki ! »

Je recrachai au fond de mon verre la gorgée de whisky que j'étais alors train de savourer.

« Mes excuses, je pensais que vous étiez une fem…

— Ne soyez pas stupide ! Je vous parle de Kiki, mon chien ! »

Elle sortit de son sac un polaroïd où l'on pouvait voir une boule de poil miniature, mélange parfait entre le ragondin et l'opossum. Le summum du mauvais goût était le manteau assorti à sa maîtresse. La ressemblance ne s'arrêtait pas là : le chien, si c'en était vraiment un, fixait l'objectif avec ses yeux exorbités et vides de toute intelligence.

« Bien sûr… Votre chien. Désolé.

— Enfin… Ils l'ont attrapé et ont menacé de le tuer si je ne leur donnais pas mes bijoux.

— Et qu'avez-vous fait ?

— Je leur ai tout cédé bien entendu ! Que croyez-vous, je ne pouvais pas risquer la vie de Kiki.

— Et ?

— Ils les ont attentivement regardés et les ont jetés à terre. L'un d'eux a dit que mon Kiki valait plus que toute cette mitraille. Ils se sont enfuis avec mon pauvre Kiki. La police refuse d'intervenir, ils ont sous-entendu que j'étais folle.

— Voyez-vous ça…

— Mon petit Kiki, c'est tout ce qu'il me reste. Je vous en prie, il faut me le ramener et donner une leçon à ces malotrus ! »

J'étais insensible à sa détresse, en revanche la maigre liasse de billets qu'elle déposa sur mon bureau me parlait davantage. Le pactole était mince, vraiment mince, mais plus que suffisant dans ma situation. J'acceptai.

Les minutes qui suivirent furent consacrées à la collecte d'informations : signalement, descriptions des lieux et des individus. Le tout fut entrecoupé de sanglots à l'attention de l'animal. Je récupérai sa photo, maintenant recouverte de larmes pleines de mascara. J'étais prêt à l'inviter à sortir de mon bureau lorsque son visage se mua, affichant une expression de colère intense, tout du moins, c'était ce qu'il me semblait détecter sous son maquillage qui avait coulé.

« Lorsque vous aurez sérieusement corrigé ces vermines, vous leur direz bien : " Vous ne mettrez plus la main sur mon Kiki !" »

Voyous Musclés LOCATION

Deux jours d'enquête furent suffisants pour retrouver la trace des ravisseurs. Rares étaient les personnes cherchant à refourguer un clébard à un prêteur sur gages. Les deux voyous étaient assez bien connus du quartier et apparemment, ils n'étaient pas des lumières. Il s'agissait de deux SDF qui détroussaient régulièrement les vieux du coin. Voilà où j'en étais arrivé : punir des clodos. Mais il le fallait bien si je voulais pouvoir continuer à payer mon propre loyer.

Un peu de surveillance me permit de découvrir que les types s'adonnaient au plaisir de l'alcool. Je n'étais pas moi-même au meilleur de ma forme mais comparé à eux, j'étais un athlète. Ce soir, ils avaient rendez-vous avec la justice, ce soir, ils avaient rendez-vous avec The Cleaner.

J'avais choisi ce pseudonyme car mon boulot, c'était de nettoyer les rues du mal qui s'y était installé. J'avais cousu moi-même cette combinaison moulante d'un blanc immacul… Oh mon Dieu ! Que lui était-il arrivé ? Sang, alcool, graisse et… nan ? Vomi… The Cleaner avait besoin d'un bon paquet de lessive. Je me glissai, non sans mal, dans ce costume devenu trop étroit ou bien était-ce mon bide qui était trop dilaté ? J'achevai ma transformation en abaissant le loup bon marché qui dissimulait mon visage, le secret de mon identité. Par ce rituel, je me métamorphosais en un autre homme. Non, pas un homme, un justicier ! Je me changeais en un prédateur nocturne assoiffé de vengeance, à l'affût de sa proie. Plus rien ne m'arrêterait avant d'avoir accompli ma tâche, mon devoir. Une dernière bière et en route.

Le temps était à l'orage. L'eau viendrait bientôt nettoyer l'œuvre du Cleaner. Les ravisseurs étaient assis dans leur tas de cartons, exactement là où je les avais épiés, aujourd'hui. Kiki, le rat d'égout, était attaché au container à ordures. Je m'approchai doucement, mais c'était sans compter l'alarme sur pattes qui ne dormait que d'un œil. L'animal se mit à japper à mon arrivée et alerta ses maîtres du moment.

« Il va la fermer le clébard ! Tais-toi ou je t'en colle une.

— Non, je ne crois pas », dis-je en gonflant ma voix.

Les deux hommes se tournèrent vers moi et me dévisagèrent avec des mines de poissons morts.

« Mais qu'est-ce que c'est que ce guignol ?

— Je suis le Cleaner et il est temps pour vous de passer à la machine. »

J'avais mis des semaines à trouver cette accroche et j'en étais assez fier. Je savourais ce moment, sentant bien que pour une fois mon arrivée provoquait un certain impact sur ces hommes, saouls et fatigués. Ça ne me prendrait pas plus de deux minutes pour récupérer le chien. Je visualisais déjà les coups et enchaînements à effectuer. C'était limpide. Or, j'aurais dû voir un peu plus tôt que l'un des deux s'était relevé avec une barre à mine à la main. Je ne l'avais pas remarquée, mais je la sentis fortement.

Et voilà comment j'en étais arrivé là. Une vie minable, un dernier job tout aussi ringard et un sévère passage à tabac. Je m'étais traîné misérablement sur le bitume, rampant comme un ver de terre. Par chance, un taxi de nuit était passé au bon moment et avait eu pitié de moi. Heureusement, car je n'avais pas un rond pour le payer.

Vengeur Masqué LOCATION

De nouveau chez moi, j'ôtai mon masque recouvert de sang et regardai le reflet de mon visage dans la glace, sous la lumière vacillante et blanchâtre du vieux néon. J'avais la face bouffie, j'étais mal rasé et j'avais des cernes de trois kilomètres sous les yeux. Et puis, après le traitement de ce soir, une bosse drapée d'une couche d'hémoglobine séchée me déformait le crâne. Ajoutez à cela un corps bedonnant qui puait la sueur et vous aviez le portrait complet du déchet humain. Un sentiment de dégoût me submergea et je décochai une droite dans le blaire de ce pauvre type. Les morceaux de miroir plantés dans ma main m'arrachèrent un cri de douleur ou bien était-ce le constat de ma vie ratée ?

Il y eut un temps où je ne ressemblais pas à ça. Bien que j'eusse constamment eu le nez plongé dans mes bandes dessinées, j'avais consacré une grande partie de ma jeunesse au sport et à me bâtir un corps de super-héros. Le mental n'avait pas suivi. Les premières confrontations avec la réalité m'avaient usé. Dans les films, le justicier en collant avait toujours l'air cool, je m'étais aperçu bien vite qu'hors du cinéma, il était ridicule. Les moqueries, les railleries, les insultes pleuvaient. Et à chaque nouvelle déconvenue, je basculais un peu plus vers une indifférence totale. J'avais cessé tout effort, commençant à boire un peu trop et je m'étais entêté vulgairement dans mes délires. Qu'avais-je d'autre ?

Et aujourd'hui, que me restait-il ? Je n'avais plus d'argent, j'avais foiré mon dernier travail et je pissais le sang. Mais j'étais en vie. Et à quoi bon ?

Mon regard se perdit dans le vide. Enfin pas exactement, il atterrit par hasard sur la couverture de l'une de mes vieilles BD qui traînait par terre. On y voyait un justicier à terre, en difficulté face à son pire ennemi. Et soudain, un éclair ! Quel super-héros n'avait jamais connu de traversée du désert ? Quel super-héros n'avait jamais affronté un adversaire si fort qu'il n'ait pas douté de ses compétences ? Moi je n'avais connu que le désert et je n'avais vraiment aucune compétence. Mais comme eux, je pouvais me reprendre en main. Être en vie m'offrait une seconde chance.

Les jours qui suivirent furent un vrai parcours du combattant. La première étape, aussi stupide fût-elle, fut d'aller au pressing faire nettoyer mon costume. La combinaison m'était revenue étincelante comme au premier jour. Arriverais-je à en faire de même ? J'avais repris l'entraînement, ne m'attendant pas à faire des miracles en quelques jours mais au moins retrouver un rythme positif. Et la dernière étape, la plus difficile, fut d'arrêter l'alcool. Une chance que je n'avais plus un rond pour en acheter à nouveau. Mon objectif était simple : réaliser au minimum un exploit, une action remarquable. Un acte qui me prouverait que je n'étais définitivement pas un loser auquel cas…

Une semaine s'était écoulée. J'avais suivi un régime strict et il était temps de voir si les efforts avaient payé. Je ressentis un léger frisson me parcourir l'échine en enfilant ma combinaison. Depuis combien d'années n'avais-je pas savouré ce rush d'adrénaline, rien qu'à l'idée d'arpenter les rues pour y jouer les redresseurs de torts ? En abaissant mon masque, je me fis la promesse d'aller jusqu'au bout.

Dehors, les premières gouttes d'une nuit pluvieuse accompagnèrent ma sortie, mais ne m'arrêtèrent pas. J'empruntai l'escalier de secours pour gagner les toits et j'errai sans direction particulière : le hasard me donnerait l'occasion de me reprendre en main. Cela faisait un bon moment que je courais, les sens en alerte, lorsque j'entendis le bruit typique d'une rixe, en contrebas. Je me postai accroupi sur la corniche de l'immeuble et plongeai mon regard perçant au cœur de la ruelle. Deux hommes étaient en train de rouer de coups un troisième, à terre. Il fallait faire vite. Je sautai sur la cage d'escalier de secours et descendis les marches quatre à quatre. L'un des malfrats tenait une matraque, je devais me méfier. Par chance, ils me tournaient le dos et la surprise serait mon avantage. J'agrippai le voyou armé par l'épaule pour le retourner tout en le déséquilibrant, puis je l'assommai d'un coup de poing rapide, droit dans le pif. Le second impact fut accompagné du bruit caractéristique de l'os nasal qui se brise. Un coup de pied en arrière, bien planté dans l'estomac, vint sécher son comparse qui tentait de se jeter sur moi. Il tituba alors que je laissai retomber mon premier adversaire, inconscient. J'achevai le second à l'aide d'un bon crochet dans la mâchoire et une fois à terre, rangeai mon coup de poing américain. Malgré une pluie si forte qu'elle en était aveuglante, j'avais réussi à me défaire de deux ennemis. Deux d'un coup ! Je n'en revenais pas. Leur victime respirait encore et commençait à reprendre conscience. Je voulais l'aider, lui dire que je l'avais sauvée et m'enivrer de ses éternels remerciements. Mais ma reconversion devait être complète… Un justicier masqué n'a pas besoin de reconnaissance, je n'avais pas à espérer recevoir des éloges. Aussi m'empressai-je de partir avant son réveil. Mais alors que je m'éloignai, j'entendis distinctement.

« Vous ne mettrez plus la main sur mon kiki ! »

Sous le choc, je restais paralysé. C'était tout simplement impossible. Je me retournai. L'homme était retombé dans les vapes et je m'approchai lentement, stupéfait. Allongé par terre, je gisais dans mon sang, recouvert de mon costume de Cleaner, encore taché. La victime qui s'était fait battre, c'était moi, et les deux agresseurs étaient les ravisseurs de chien. Bordel ! Et ça s'était déroulé quelques jours auparavant. Je niais tout en bloc pourtant, il fallait se rendre à l'évidence : soit j'étais schizo, soit j'avais remonté le temps. Le tableau que m'offrait mon ancien moi me faisait pitié. Cette limace humaine, bonne à rien, engoncée dans un costume sale et étriqué me dégoûtait et j'éprouvais même de la haine envers cet alter ego. J'aurais voulu m'achever, me sauver de cette image déplorable, de ma vie de minable. Mais quelque chose vint couiner à mes pieds. Un petit rat au regard vide de toute intelligence mais qui réussit pourtant à me rappeler à l'ordre. Aussi révoltant qu'il était, mon ancien moi était une victime, sa propre victime. Je me saisis du chien et pour la première fois depuis le début de ma carrière, j'allais faire sourire une personne en le ramenant.

Au final, peu importait les épreuves de la vie, on restait son principal ennemi. J'avais pris ma revanche sur moi-même et me jetai un dernier coup d'œil. « Accroche-toi mon gars, le meilleur reste à venir ! » En fait, en rendant cet animal, j'allais faire sourire deux personnes.

FIN

Pour le gain d'une épitaphe

Je suis avachi sur le comptoir, à regarder le reste du pub à travers mon fond de whisky. Monochromie ambrée qui uniformise le monde et les gens. Plus de problèmes de discrimination… Pourquoi les politiques n'ont-ils pas encore pensé à noyer notre société sous des litres de whisky ? Ou peut-être l'ont-ils déjà fait… L'alcool aide à tout oublier, alors pourquoi pas aussi leur incompétence ? En fait, je n'y crois pas une seule seconde. Je tente de m'en persuader chaque soir, à en faire péter les records aux éthylotests, mais on n'oublie rien. Je n'oublie rien. Ça permet tout juste de rendre la douleur supportable. Je matte ma voisine de comptoir. Un siège vide nous sépare. Je la détaille sans aucune discrétion. Propre sur elle, au look soigné, elle manifeste un âge mûr mais est assez coquette pour me donner envie d'elle. Elle est mignonne, vraiment mignonne. Elle se tourne vers moi. Un bref coup d'œil lui suffit pour m'éliminer de la liste des mâles potentiels de la clientèle. Sur mon front, elle peut lire un grand S. Sale. Saoul. Sans le sou. Elle a raison. Néanmoins, j'ai encore des états d'âme, des bribes de fierté, d'humanité. J'aimerais lui expliquer que je n'ai pas toujours été ainsi, qu'il m'est arrivé de plaire et de séduire. D'avoir les poches remplies et l'esprit clair. J'ai même déjà été marié. Peut-elle en dire autant ? Mais je parviens à peine à étouffer un rot entre mes lèvres. Les relents de mon haleine chargée la dégoûtent, elle détourne le regard, choquée. Salope... Moi, cette odeur d'alcool gastrique me donne soif ; je vide mon verre...

Pour arrêter d'ingérer de ce breuvage maudit, la méthode est simple : être tellement saoul que le barman refuse de vous en servir davantage. À la troisième tentative pour sortir des billets de ton portefeuille, il te l'arrache des mains et prend son dû, pourboire inclus. Il te le balance en soupirant et te dit de dégager. Pas sûr qu'il s'adresse à moi, vu le ton, il doit parler à son chien... Merde, il n'en a pas. Jour de chance, je descends du tabouret sans me vautrer.

Les rues sont froides, le whisky me tient chaud. Je suis alors bien heureux d'être alcoolique. Sous mes yeux, les prostituées défilent et racolent. Pour avoir suffisamment d'argent pour m'enivrer, je loue une piaule minable dans ce quartier pourri. Mes économies diminuent beaucoup plus vite que mon alcoolémie. Bientôt, je finirai comme ce clochard sur lequel je viens de trébucher. Affalé sous les jambes de ces dames de joie mais pas pour le bon job. Ici, on trouve toute la gamme des premiers prix. De la moche, de la moins moche, de la vieille, de la grosse, de la droguée, de l'exotique… Dans le quartier, j'ai presque tout consommé mais pas encore de la pute. Ce soir, je suis assez clean pour baiser, assez saoul pour le faire avec l'une d'entre elles. Je choisis une négresse parce que ce sont celles que je hais le plus. Qui aurait pu croire qu'un jour, moi, j'utiliserai ce mot ? Mais depuis… Elle m'entraîne dans la contre-allée. Me tient la main comme un petit garçon ou comme un client bourré qu'elle ne veut pas perdre pour faire son quota. On pénètre dans un bâtiment miteux en passant devant un type qui a toute la panoplie du psychopathe. Son mac ? Avec un peu de chance, il va s'apercevoir que je suis chargé comme une barrique et il viendra m'assommer pour me faire les poches, me laissant dans mon sang et ma pisse. Ma maîtresse d'une nuit me fait entrer dans une chambre qui sent le moisi et le sexe et ferme le loquet. La dépouille, ça ne sera pas pour maintenant. Il me reste toujours les maladies vénériennes. Ma black aux formes généreuses se désape pendant que je dépose les billets sur la commode. Elle s'approche de moi, m'ouvre le pantalon, s'invite dans mon caleçon et se saisit de mon instrument encore froid. Ce soir, il ne fonctionne ni à l'essence, ni au diesel. Faudra le démarrer à la manivelle, ce qu'elle entreprend de ses doigts noirs et sales. Au premier semblant de garde-à-vous, elle chope une capote et la déroule. En fin gourmet, elle utilise des parfumées. Elle m'accorde une fellation comme ça, juste pour la forme. Ou pour me donner la forme. Sans mettre de cœur à l'ouvrage, je vois une masse brune s'affairer autour de mon sexe. Les effluves du latex aromatisé me remontent aux narines. Je vous le donne en mille : chocolat.

Soudain, c'est le tremblement de terre, les fondations s'agitent de gauche à droite. Je sens ma poitrine se comprimer comme si la mort s'asseyait dessus pour me regarder crever, yeux dans les yeux, en ne manquant pas de se foutre de ma pomme. Je me réveille en sursaut.

Les détails que mon attention encore groggy réussit à capter ne me sont d'aucune aide. Je ne sais ni où je me trouve, ni comment j'y suis arrivé. Une odeur désagréable me fait frétiller les narines et, déjà, je me suis davantage en terrain connu : le délicat fumet de l'alcool et de la bile. À coup sûr, une de mes œuvres. J'essaie de me relever et c'est à ce moment que je les aperçois : deux mains à la manucure disproportionnée, posées sur ma chemise imbibée de mon propre vomi. Je suis installé sur une couche usée et creusée par les passes bon marché. À mon chevet, je reconnais cette prostituée, à genoux, qui tente visiblement de me réveiller en douceur. Ou pas.

« Tu dois partir. Je ne peux plus prolonger ton temps, Luis va se méfier.

— Pourquoi m'as-tu laissé dormir ? Je ne vais pas te payer mes heures de sommeil ! Tu parles d'un foutu hôtel…

— Je ne te demande rien ! Tu avais juste l'air d'en avoir besoin. D'ailleurs, je n'en exige pas plus pour le ménage non plus. »

Aussi honteux que puisse l'être un enfant pris sur le fait, je baisse les yeux. Confus, je ne sais pas si je dois la remercier ou m'excuser, voire m'enfuir sans un mot comme le dicte ma fierté mal placée. Pourtant, cette inconnue pour qui je n'avais eu que des élans racistes avait pris soin de moi sans aucune arrière-pensée. Elle m'aide à me relever et me presse vers la sortie en me refourguant ma veste roulée en boule dans les bras. Elle ne se fait pas d'illusions et n'attend rien du poivrot qu'elle a hébergé pendant quelques minutes. Elle m'arrache cependant, à m'en brûler la gorge, un « merci » spontané qui me semble aussi stupide qu'approprié.

« On a... ?

— Non, répond-elle, coupant court à la fausse pudeur qui éternise ma question. Tu n'avais pas la forme.

— L'alcool...

— Je crois surtout que tu n'en avais pas vraiment envie. »

Un soupçon de tristesse apparaît dans son regard, comme si je l'avais blessée dans sa fierté. Elle collectionne les clients et la plupart n'ont pas d'autres intentions que d'assouvir la besogne hebdomadaire alors pourquoi se sentirait-elle déçue de ne pas avoir su éveiller mon désir ? Je n'ai manifesté que du mépris à son égard et le fantasme malsain de posséder ce que je déteste. Je n'ai souhaité que l'humilier comme le ferait le plus sauvage des macaques. Le mâle alpha d'une horde, bien loin de l'idée de l'être civilisé que je crois être. Elle me chasse gentiment et je regagne le froid mordant de la rue. Lorsque je rentre à l'appart, l'aube pointe son nez. Je l'accueille d'un verre, en retrouvant un fond de bouteille égaré, puis je m'effondre sur le sofa. En m'endormant, les images de ma mystérieuse prostituée refont surface.

*

Une lueur rouge se projette sur ma rétine. Patiemment, j'attends au feu de circulation au carrefour de ce quartier chaud. Les yeux rivés sur le halo lumineux, je ne le vois pas arriver… Une explosion à ma gauche m'asperge le visage de bris de verre. La douleur qui me saisit la joue est suffisamment vive pour éveiller mon instinct de survie. J'enfonce la pédale de l'accélérateur pour déguerpir au plus vite. Je cale. Mes doigts tremblants s'affairent sur les clés pour remettre le contact. Trop tard. Le démonte-pneu qui a brisé ma vitre quelques secondes plus tôt s'abat sur mon avant-bras. Un hurlement résonne dans la voiture. Ma femme est terrorisée et le coup que l'on vient de m'infliger est comme un déclic. Je prends conscience qu'en noyant le moteur, je n'ai pas su la protéger. Une main me saisit par le col et me colle contre la fenêtre fracturée.

« Sors de la caisse ! »

En parfait gentleman, il ouvre la portière, en parfait car-jacker, il me fait valser sur le bitume. Il me roue de coups, mais j'endure, désespérément accroché à sa jambe pour le retenir. Je ne pense qu'à Molly qui est encore dans la voiture. Je la vois alors surgir, à demi allongée sur mon fauteuil pour frapper cet inconnu. Ses yeux sont rouges et en sanglots, elle le somme d'arrêter. Non, elle le *supplie* d'arrêter. Et comme si tout se passait maintenant au ralenti, les lèvres de cet homme tranchent les cris de ma femme de ces syllabes :

« Mais tu vas la fermer, putain ! » dictent ses dents blanches, contrastant avec sa peau noire comme la nuit.

Il ponctue sa phrase d'un coup de démonte-pneu et Molly s'affale sur le goudron. Le sang se met à ruisseler depuis sa tempe et s'égoutte déjà dans une petite flaque sur laquelle se reflète la lumière verte du feu. Ses jambes encore sur mon siège gênent le voleur qui s'en débarrasse en la jetant telle une cargaison indésirable, un paquet inerte. Elle gît devant moi, ses pupilles oscillent frénétiquement, elle ne bouge plus. Alors que le braqueur prend place au volant et démarre la voiture, son corps, pris de soudaines convulsions, roule à moitié sous l'habitacle. Je rampe vers elle avec l'énergie du désespoir.

« Molly… Molly ! »

Je tends le bras, ouvrant ma main meurtrie, oubliant la douleur qui me déchire les jointures. Sous mes yeux, je vois sa vie se répandre sur le bitume, ma vie… Notre vie. Un simple bout d'acier efface des années d'existence plus efficacement que la meilleure des gommes. Qui aurait pu croire qu'un univers était aussi fragile qu'un vase de porcelaine ? Qui aurait pu deviner que la mort était aussi insignifiante et dénuée de sens qu'une stupide maladresse faisant tomber ce même vase ?

Le véhicule démarre alors en trombe et, faisant fi de ma femme, trace la route. Les roues arrière franchissent le bas de sa colonne dans un craquement sinistre puis la voiture disparaît, nous laissant seuls… Me laissant seul, dans le sang et les larmes avec comme dernière image le corps broyé de Molly et le visage de ce monstre qui lui a offert comme ultime qualificatif celui de *putain*.

*

J'émerge sur mon sofa, toujours vêtu de mes fringues sales et malodorantes, les doigts enfoncés dans le coussin comme pour saisir l'insaisissable : un fantôme. Le soleil est déjà haut dans le ciel et me brûle les rétines. J'imagine mes yeux rouges d'avoir pleuré comme toujours lorsque je fais ce cauchemar, c'est-à-dire tous les soirs. Ces visions se font un malin plaisir à me rappeler sans cesse l'inoubliable. Mais pour la première fois depuis quatre ans, je ressens que ce visage de la peur, ce masque de la mort qui a donné naissance à ma haine, n'est plus le même. Quelque chose en moi a changé mais je ne sais pas quoi ni même si j'en ai envie.

La préparation est sommaire. Aucune douche ne peut réellement me nettoyer de la crasse qui me colle à la peau. Comme tous les jours, je me rends au travail à l'heure où je suis prêt. Mon boss, un vieil ami, est tolérant. Mais après ces années à plonger vers les abîmes, pour garder un peu de sa patience à mon égard, il s'est délesté de son amitié, me laissant sombrer seul vers une dépression que tout le monde évite comme la peste. Depuis quand est-ce devenu contagieux ?

Le brinquebalement irrégulier du métro me transporte vers ma destination. Le wagon est rempli d'une foule cosmopolite aux ethnies diverses. Le patchwork des visages teintés ne devrait plus m'interpeller, pourtant, aujourd'hui, ce je-ne-sais-quoi de différent y est lié. Hier encore, les voir m'aurait renvoyé directement au portrait du meurtrier de Molly comme s'ils étaient tous les mêmes, comme s'ils avaient commis le même crime. Et je les haïssais pour cela, *tous*. Mais ce matin, les visages sont tous différents, restituant l'individualité qui appartient à chacun d'entre nous. L'amalgame qui habite ma rancœur se tait car, aujourd'hui, le portrait qui me revient en mémoire est celui de la prostituée à la fragrance de cacao.

Seul avec ma bouteille dans la rue, je fais le pied de grue en face du taudis qui sert de bordel. Voilà plusieurs minutes que je cherche le courage d'y retourner. Ou plus précisément, je cherche une bonne raison de trouver le courage d'y retourner. Celui-ci, je l'ai déjà : il se constitue des cinquante derniers centilitres de vinasse qui tournoie au fond du récipient en verre. Quelques rasades de plus au goulot me permettraient, si je le souhaitais, de rentrer dans n'importe quel squat de la ville. Mais je ne veux pas que mon esprit divague dans des délires éthylés. Finalement, pour tirer les choses au clair, je dois la revoir et je me décide à bouger... J'abandonne sur le trottoir le cadavre de ma bouteille avec le peu de sang qui lui reste, et je traverse la rue pour pénétrer dans l'antre des désirs. Mon état, lors de ma précédente visite, ne m'a pas laissé beaucoup de souvenirs sur l'endroit. Je déambule à la recherche de ma mystérieuse prostituée d'ébène et les coups d'œil à l'arraché ne me mettent pas spécialement en appétit. Je suis le témoin d'une débauche de sexe sans aucune forme de raffinement. L'accouplement dans son plus simple appareil, parfois bestial, parfois brutal, voire déviant. Ici, il n'est question que de chair qui s'emboîte et pourtant j'ai l'impression d'emprunter, dans ce couloir infesté de vapeurs orgiaques, la voie de ma rémission. Soudain, je l'aperçois dans l'entrebâillement d'une porte. Assise sur le lit, elle réajuste le soutien-gorge qui renferme sa poitrine voluptueuse. Alors que je l'épie comme le petit garçon que je ne suis plus, comme si je découvrais ses courbes pour la première fois, comme si je découvrais les courbes *d'une femme* pour la première fois, son client précédent ouvre la porte en grand et manque me bousculer. C'est avec une expression honteuse, indépendante de l'accrochage, qu'il s'excuse à peine et file à l'anglaise à grande hâte vers la sortie. Je reste planté au seuil de la chambre alors qu'elle me regarde. Me reconnaît-elle ? Si je peux me rappeler son visage dans l'état où j'étais, il ne fait nul doute qu'elle me remet.

« Tu ne vas même pas entrer cette fois ? »

Je fais un pas à l'intérieur. Elle s'approche et me contourne pour fermer la porte, verrou inclus. La paroi d'une bulle se confond avec les murs de la chambre, je bascule dans un autre univers. Elle tapote sur le rebord de la commode de manière ostensible puis retourne auprès du lit pour se déshabiller alors qu'elle vient à peine de se rapprêter. Je dépose la somme convenue et demeure près du meuble.

« Tu as changé, dit-elle en ôtant sa lingerie, dévoilant ses mamelons bruns que je fixe sans classe, ni retenue.

— Moins saoul ?

— Non, ce n'est pas ça…

— Tu as raison. C'est ici que j'ai changé mais je ne sais ni en quoi, ni pourquoi avec certitude…

— Et tu voulais des réponses ? »

Elle fait alors glisser l'élastique de sa petite culotte sur les courbes de ses hanches larges et une fois les rondeurs franchies, laisse retomber le bout de tissu sur le sol. Dans la nudité la plus totale et offerte à mon regard avec une assurance des plus commerciales, elle ajoute :

« Mais je n'ai que du sexe à te vendre.

— Ça me va… »

Je la rejoins et elle déboucle ma ceinture, abaisse mon pantalon et me couche sur le matelas. Ce soir, elle n'aura pas à s'affairer comme une forcenée pour espérer obtenir une réaction de ma part et elle s'en rend compte au premier coup d'œil. Elle déroule un préservatif avec doigté et se met en selle. Elle me chevauche lentement, son bassin délivre des ondulations précises, rythmées. Je reste complètement consterné par la situation. À peine désapé, je me retrouve happé par son intimité, sans davantage de protocoles sentimentaux. En plus d'être douée, elle est honnête : elle n'a bien que du sexe à me refourguer. Pourtant, vue de l'esprit de ma part ou pas, elle me fixe avec une intensité particulière. Est-ce ma mine déconfite qui l'amuse ou bien savoure-t-elle sa victoire sur mon désir absent de l'autre soir ? Quoi qu'il en soit et en ce qui me concerne, cette union crée un lien bien plus dense que celui de vendeur à client. Elle m'arrache à mes pensées en même temps qu'elle prélève ma jouissance, laissant là l'analyse de cette mystérieuse attirance. Je me rhabille, penaud, et demande :

« Je pourrais revenir ?

— En général, c'est le client qui décide.

— Oui… Ça va de soi… », conclus-je bien stupidement avant de déguerpir.

Nos rendez-vous se firent plus réguliers et plus… différents. Je ne sais comment cela avait évolué mais j'avais fini par la faire mentir. Non pas que je l'avais cherché, c'était juste…

arrivé. Rapidement, elle ne fit plus qu'office d'hôte pour mes envies pelviennes mais devint également une présence, une compagnie. Les nuits de grosse biture, elle ne rechignait pas à m'accueillir pour m'offrir ses bras comme couche. Je somnolais contre son sein, bavant sur sa peau douce, ma salive tarifée au même titre qu'une autre substance. Elle dût me surprendre plus d'une fois à divaguer au sujet de Molly dans un demi-sommeil, mais elle ne me posa jamais de questions. Par habitude, elle commença à se confier à moi et je devins pour elle une oreille. On oublie facilement qu'en dehors de ces quatre murs, ces femmes ont également une vie. Nous bavardions de tout et de rien, des films qu'elle avait vus, des pétasses qu'elle avait croisées dans les magasins de fringues ou de son chien malade mais jamais nous n'évoquions ses problèmes ou les miens. Ici, nous étions à l'abri, ici nous étions dans une bulle. Au choix et selon l'humeur, nous y parlions, nous y dormions ou nous y baisions via l'échange de quelques morceaux de papier bien insignifiants dans une vie.

Et puis ce soir-là, alors que nous avions convenu pour transaction d'un accouplement standard, je lui propose spontanément.

« Doit-on mettre une capote ? Tu utilises d'autres moyens de contraception, j'ai vu ta plaquette, et je ne suis pas malade.

— Mais moi, si », dit-elle simplement, sans aucun détour.

Malgré toute la liberté qu'offre le cadre d'un bordel, nous nous trouvons maintenant dans ce genre de situation où certains mots deviennent tabous. Les synonymes de mort et de maladie qu'impliquent sa réponse sont alors passés sous silence. Elle lit dans mon regard la question fatidique et acquiesce en silence : incurable.

Et même si jusque-là, elle a semblé vivre avec son fardeau sans en laisser soupçonner son existence, un masque de tristesse la défigure présentement. Je pourrais la consoler, lui parler mais j'aurais l'air de fuir ce que nous avons prévu d'accomplir. Et puis, j'en ai envie. J'en ai envie plus que jamais. Je l'allonge doucement et me glisse en elle avec la délicatesse d'un amant attentionné. Nous couchons ensemble une fois de plus mais sur cette révélation, quelque chose se casse. Les débris qui jonchent le sol de notre relation ne sont plus recollables. Au moment où mes lèvres rencontrent les siennes, les entrouvrent, et à cet instant où je gagne sa vraie intimité, celle qu'elle m'avait dissimulée depuis le début, j'abats le mur qui la préserve de ses clients, et protège ses sentiments. D'une larme translucide qui coule le long de sa joue comme la cire brillante d'une ébène parfaite, elle m'offre sa beauté. Dès lors, nos destins sont irrémédiablement liés.

Nous continuâmes à nous voir ainsi, à la faveur de la nuit, pendant quelque temps. Malheureusement, ses conditions de travail ne lui permettaient pas d'entretenir sa santé comme il l'aurait fallu et de maintenir le mal qui la rongeait à l'état quiescent. Sa forme jouait sur sa valeur commerciale et sa valeur commerciale jouait sur les nerfs de son mac. Ironiquement, lorsqu'il se soulageait sur elle pour qu'elle comprenne, il ne faisait qu'amoindrir ses chances de séduire un client. Le cercle vicieux qui précédait la mise au rebut. Ce fut pour cette nuit-là.

Comme à chaque visite, je toque trois petits coups pour annoncer mon arrivée. Ainsi, elle peut se défaire de ses habitudes de professionnelle et être elle-même. Cette fois-là, elle me tourne le dos, l'échine courbée, immobile. Elle sait parfaitement que c'est moi, pourtant, au moment où je referme la porte, elle sursaute. Je m'approche, devinant ce qu'elle cache. Accroupi face à elle, je découvre son visage lacéré, en sang, la lèvre éclatée et le nez brisé. Dans mes oreilles bourdonne le souvenir des sons de morceaux de verre qui éclate, des hurlements et des crissements de pneus. Tout se mélange dans mon esprit confus et enragé. Je bouillonne. J'inspecte la chambre à la recherche d'une arme. Le moindre objet à fracasser sur son crâne fera l'affaire. Une vieille chaise recouverte de fringues trône dans un coin de la pièce. Je m'en saisis, faisant glisser le linge au sol, et marche d'un pas décidé vers l'entrée du bordel. Le type, ce fameux Luis, est accoudé contre l'encadrement de la porte, faisant la causette à deux de ses poules. Elles se mettent à crier lorsque je brandis la chaise en l'air, la tenant par ses pieds. Je l'écrase sur sa nuque, l'alerte ne l'ayant pas averti à temps. Il s'effondre à mes pieds. Dans le coin, une barre de fer est appuyée contre le mur comme un présent offert à ma vengeance. Il s'agit de la sienne et vu la saleté rougeâtre qui la recouvre, je devine qu'elle n'est pas d'un usage très catholique. Je m'en saisis et le frappe. Une fois puis deux. Je me souviens à quel point l'acier peut briser une vie et, conscient de ce fait, je continue comme un fou furieux. Soudain, elle m'arrête. Ma déesse exotique pose sa main sur mon bras. Sans reproche, ni félicitation, elle me regarde. Elle ne le sauve pas. Une fois de plus, c'est bien moi qu'elle extirpe de l'obscurité. Je jette la barre au sol et la saisis par le poignet. Ensemble, nous fuyons hors de ce bourbier, marchant sur le trottoir, main dans la main, comme n'importe quel couple. Dans ma tête, la scène se rejoue encore et encore mais les traits de son mac se confondent avec celui du meurtrier de ma femme. À cet instant, un fragment de ma culpabilité pour ne pas avoir sauvé mon épouse s'effrite. Un rien, une infime partie. Juste assez pour jubiler d'avoir pété la gueule à ce sale con. Nous arpentons la rue vers mon appart, elle me suit volontairement. Entre mes doigts, je sens les siens ; je réaffirme ma prise. Elle répond à l'identique.

Nous arrivons à bon port et je la laisse un moment pour faire un saut à la pharmacie de garde, acheter de quoi désinfecter ses plaies et les panser. Je l'imagine se convaincre qu'elle ne me doit rien et se tirer sans plus de formalités. Je me trompe. À mon retour, elle m'attend. Je passe une bonne heure à soigner ses blessures puis je vais laver mes mains couvertes de sang. Lorsque je remets les pieds dans la chambre, elle se tient devant la glace de la penderie, frôlant son visage du bout de ses doigts tremblants. Il y aura des séquelles, nous le savons tous les deux. Je m'approche d'elle et l'enlace délicatement par la taille. Elle cherche à se soustraire à cette étreinte prématurée alors qu'elle mesure encore la perte de sa féminité. Je ne me laisse pas faire et finalement sa main retombe, désespérée, sur les miennes. Nos doigts, à nouveau, s'entremêlent. Mon enlacement se fait caresses, d'abord tendres puis intimes, comme si la solution à nos problèmes était bêtement de coucher ensemble. Peut-être pour savourer ce qui lui reste d'attraction, elle se prend au jeu. Elle ne détache pas son regard de la glace alors que je nous déshabille tous les deux. Dans notre simple appareil, avec nos propres cicatrices, nous nous tenons devant le miroir, silencieux. La prostituée brisée et le veuf alcoolique. Nos peaux au contraste marqué souffrent à l'unisson et nos âmes s'apprêtent à se consoler comme elles le peuvent. Elle ne dit toujours rien et cherche mes yeux dans le reflet. Soudain, elle réagit au moment où je la pénètre comme je le fais pourtant régulièrement depuis des mois.

« Tu n'as rien mis ! »

Je plaque ses mains sur l'armoire d'un geste calme, pour étouffer son affolement dans l'œuf.

« Chut. Ça va aller. C'est mon choix. Tu te sers d'un préservatif comme d'un pansement pour éviter la contagion. Je porte moi aussi mon lot de cicatrices, mais elles sont à l'intérieur et quand bien même ce morceau de latex me protège d'un virus, il agit sur moi comme un barrage qui les empêche de guérir. Ces stigmates, je n'en veux plus. Je veux me rafistoler grâce à toi… Avec toi. »

Elle pleure alors que nous faisons l'amour. Une fois terminé, elle se retourne et se réfugie dans mes bras pour sécher ses larmes, elle qui a si souvent effacé les miennes. Dans la glace, il me semble voir le reflet de Molly appuyé contre moi. Je souris.

Depuis lors, nous vivons ensemble. Comme des colocataires, comme des amants, comme un couple… Rien n'est réellement défini. Je ne connais même pas son prénom, pas plus qu'elle ne connaît le mien, et si elle l'a surpris sur une lettre ou une facture, elle ne s'en est jamais servi. Nous n'avons jamais eu besoin des bornes qui pourraient délimiter un hypothétique futur. Elle ne m'a pas redonné une raison de vivre, mon existence a cessé le jour où Molly m'a été enlevée. Quant à elle, plus que moi, elle se sent condamnée. Elle m'a permis d'accomplir ce que bien peu de gens parviennent à réaliser dans leur vie. Pour nous dorénavant, l'important est d'avoir une belle mort. Périr d'un geste d'amour salvateur en est pour moi la parfaite définition.

FIN

Sinslayer

Cette nuit-là, la région des Météores était la proie d'un terrible orage. L'eau ruisselait en abondance sur les falaises écharpées. Les monts divins, aiguisés comme des lames de rasoir, étaient prêts à éventrer les nuages qui flirtaient avec leurs cimes pour les vider comme une outre. Les éclairs révélaient l'ombre de ces monastères millénaires, véritables monuments érigés à l'époque où les hommes bâtissaient des merveilles par simple foi. Le temps avait fait son œuvre et avait progressivement érodé l'architecture sacrée de ces temples pour n'en laisser que des ruines. Pourtant, au milieu de l'obscurité, la lueur d'un feu brillait dans des décombres. Dansant à l'abri d'une charpente partiellement désossée, il dévoilait dans la nuit les silhouettes statiques de deux hommes. Ces deux étrangers, qui violaient de leur présence ces lieux désertés depuis des siècles, se faisaient face. Ils se dévisageaient silencieusement, laissant le tonnerre orchestrer le duel. L'un d'entre eux était emmitouflé dans des guenilles sombres qui masquaient la partie inférieure de son visage d'un tissu usé et poussiéreux. Ces haillons étaient surplombés de deux yeux à l'iris vert qui brillaient d'une lueur féline à chaque éclair. Une tignasse de cheveux mi-longs aux reflets pétrole, ébouriffés et recouverts de saletés, renforçait l'aura mystérieuse de ce personnage. Malgré son apparence négligée, il se dégageait de lui un certain charisme comme si son énergie se refusait à être ternie par de misérables conditions de vie.

Face à lui, celui qui se dressait à l'autre extrémité de la pièce était plus apprêté. Sa longue chevelure d'un gris cendré était nouée en une élégante tresse qui tombait jusqu'au creux de ses reins. Il avait revêtu une combinaison renforcée qui seyait une musculature bien dessinée, protégée par un plastron moderne frappé du symbole d'une croix par-dessus une faux. Malgré la prestance de sa tenue militaire, un visage tuméfié perturbait le tableau. La pluie battante qui traversait le toit en morceaux venait s'écraser sur son épiderme meurtri, emportant avec elle des résidus de sang séché.

Dans ses mains, il brandissait une arbalète chargée d'un pieu en argent avec laquelle il tenait en joue le mystérieux individu qui ne semblait pas pour autant ébranlé par sa situation périlleuse.

« Avec toi, ce soir, s'éteint la race des vampires. Adieu, créature impie. »

Son doigt entama alors une légère pression sur la gâchette.

An 567 du calendrier Théodorien, mois du givre, jour XXXIX

Ces écrits constituent mon legs aux générations à venir, les mémoires d'un chasseur de vampires. Peu de gens connaissent les raisons qui ont conduit au déclin de la race humaine un demi-millénaire plus tôt mais comme à chaque catastrophe que l'intellect étriqué de l'Homme ne pouvait admettre, les survivants se tournèrent vers Dieu. L'Église retrouva tout son prestige d'antan, chaperonnant les groupuscules qui se fédérèrent rapidement en nations primitives sous la houlette du Vatican. Nous aurions pu de nouveau marcher sereinement vers le futur si seulement ils n'étaient pas apparus. Lorsque la nourriture se raréfie, les prédateurs sortent de leurs tanières et deviennent plus féroces et voraces pour subsister. Nous étions les proies et les vampires nos ennemis. Nous remettions notre protection au bon vouloir du Très-Haut, alors qu'eux n'avaient foi qu'en une chose : le sang.

Élevé pour entrer dans les rangs de la Faux Sacrée, ordre saint en croisade contre ces démons nés des ténèbres, on m'avait inculqué tout ce qui devait me convaincre que nos deux races étaient totalement différentes. À cette époque, jamais je n'aurais pu réaliser à quel point nous avions tort...

Quelques jours plus tôt, dans la vallée des Météores.

L'homme était avachi sur une vieille table en bois au milieu de piles de livres d'un autre âge. Recroquevillé au-dessus d'un grimoire, il griffonnait à un rythme effréné des notes empruntées dans les antiques ouvrages. La lueur d'un candélabre révélait, entre les mèches tombantes de sa frange, un regard intense et concentré. Mais au-delà de son travail minutieux de scribe, le vampire semblait sous tension. Anxieux. L'argent et le pouvoir autrefois acquis par l'immortalité étaient devenus inutiles dans ce nouveau monde. Sa race avait régressé en même temps que la société des hommes pour ne conserver que son rôle de prédateur. Mais l'Église insoumise avait entraîné une nouvelle Inquisition qui avait considérablement ravagé la population des enfants de la nuit. Un à un, le vampire avait senti les ponts mentaux qui le reliaient à ses semblables se couper suivant le tempo funèbre de leurs morts. Il savait ses jours comptés car depuis des mois, il était suivi à la trace par un exécuteur de l'ordre de la Faux Sacrée. Les rôles étaient inversés, il était devenu la proie acculée, apeurée. Celle dont le sablier égrenait son contenu à grande allure. Voilà pourquoi il se sentait si investi dans ses écrits, voilà pourquoi il devait impérativement finir à temps de coucher sur le papier ce qu'il avait découvert. Cela avait d'autant plus d'importance qu'il était le dernier de sa race. Soudain, un léger craquement, presque inaudible, qui serait anodin pour n'importe qui mais pas pour une cible de la Faux Sacrée, attira son attention. Il souffla prestement sur les bougies, plongeant le monastère dans une obscurité quasi totale. Le vampire releva son col pour dissimuler sa peau d'albâtre qui luisait de reflets bleutés sous les éclairs de cette nuit orageuse. Comme une ombre, il s'effaça du décor et attendit sans un bruit. Au bout de quelques minutes, la porte grinça…

An 568 du calendrier Théodorien, mois du renouveau, jour XVII

Le Vatican me cache des choses. Au cours de mes nombreuses missions, j'ai parcouru le monde en long et en large. Les hommes ne vivent pas dans la vision idyllique décrite à Rome par le Saint-Siège. L'état religieux n'accorde pas son aide aux survivants comme il le devrait. À quoi bon éradiquer les vampires si nous autres, hommes de foi, laissons mourir nos prochains de manière équivalente. J'ai tenté d'en référer aux cardinaux mais on m'a rapidement fait comprendre que j'outrepassais mes fonctions. Je n'ai pas été formé pour poser des questions mais pour exécuter les ordres. Pour nourrir ma curiosité, ils m'ont berné avec des histoires sur le quotidien des hommes avant l'holocauste, supposé pire que le nôtre. Mais que savoir des temps anciens lorsque tout a disparu ou est contrôlé par les archives des néobénédictins ? Alors je suis allé chercher l'information là où elle était. Chez les vampires. Ces êtres immortels étaient la mémoire vivante de ce monde, de son ascension à son apogée, puis de sa rapide déchéance.

La créature s'abattit tel un oiseau de proie sur l'exécuteur. Pesant de ses deux pieds sur son poitrail, il le fit tomber à la renverse, l'écrasant de tout son poids jusqu'à lui couper le souffle. Il leva sa main au ciel, prêt à pourfendre son ennemi de ses griffes luisantes. Dans sa chute, le croisé avait perdu son arbalète qui avait glissé sous un banc vermoulu. Il sentit sa dernière heure arriver, sa gorge ainsi exposée ne demandant qu'à être tranchée. Mais soudain, les griffes se rétractèrent et c'est un poing fermé qui vint lui asséner au visage un coup puissant qui le plongea dans l'inconscience.

De longues minutes plus tard, le chevalier, enchaîné solidement à une colonne de pierre, reprit connaissance. La vue partiellement brouillée par le sang qui coulait dans son œil contribuait à sa désorientation. Il sondait du regard la scène qui s'offrait à lui, cherchant le vampire. Il le trouva attablé à son bureau, ayant repris sa plume et sa lecture. Le chasseur tenta de desserrer ses liens mais le tintement métallique de ses entraves alerta aussitôt son geôlier. Ce dernier finit d'écrire quelque chose puis, déposant son outil dans l'encrier, se leva et s'approcha de son prisonnier. Il s'accroupit près de lui et passa son doigt au niveau de l'arcade sourcilière du blessé, sans délicatesse aucune, sur la plaie encore ouverte, récoltant ainsi quelques gouttes de sang en guise d'encas.

« Pourquoi ne pas m'avoir tué ? interrogea le guerrier saint d'un ton empli de haine et de colère.

— Vous êtes arrivé en avance, j'ai dû improviser pour avoir l'opportunité de parachever mes recherches.

— Cela ne répond pas à ma question : pourquoi me garder en vie ?

— Oh, mais parce que vous êtes l'héritier de mes travaux.

— Plutôt mourir que de recevoir quelque chose de toi, démon !

— Cela reste une option, rassurez-vous, prononça le vampire avec la plus grande sérénité. L'un de vos semblables retrouvera bien ma trace. Peut-être quelqu'un de moins acharné, de moins téméraire, de moins… stupide.

— L'arrogance a toujours été le propre de votre race.

— Depuis combien de temps nous chassez-vous ? À en juger par le nombre d'encoches sur votre plastron, vous semblez être responsable de la mort de beaucoup des miens.

— J'ai gardé de la place pour la tienne.

— Tout cela pour dire que vous connaissez assez ma race pour savoir que notre pouvoir s'accroît avec l'âge. Alors que pensiez-vous réellement pouvoir accomplir ici, seul face à un vampire d'un millénaire ? Qui de nous deux est donc l'arrogant ?

— Si je suis seul, c'est à toi que je le dois. Tu as décimé mon unité soldat après soldat, à chaque lieu où nous t'avions retrouvé.

— Mais tu as quand même poursuivi… Avec toujours moins d'alliés avec toi, tu as continué ta traque de ta propre initiative. Et maintenant te voilà exactement là où je voulais que tu sois.

— Comment ? Nous t'avons pourchassé et à chaque fois tu as fui en laissant des traces…

— Pour que vous me suiviez jusqu'ici, oui. Humiliant, n'est-ce pas ? »

De rage, le croisé tira sur ses chaînes, faisant choir la poussière qui remplissait les interstices de la colonne usée. Le vampire se releva lentement et se mit à marcher dans la pièce. Il s'approcha d'une vieille statue qu'il éclaira à l'aide du candélabre.

« La tête gît quelque part dans les décombres et le nom sur le socle est quelque peu effacé mais peut-être reconnaissez-vous cet homme ?

— Évidemment. Il s'agit de Deopter, le saint patron de l'ordre de la Faux Sacrée. À lui seul, il a bien failli éradiquer ta race mais il finit par tomber dans un guet-apens. Dans les siècles qui suivirent sa mort, le nombre de vampires se remultiplia nous forçant à repartir de zéro. Heureusement, ils étaient jeunes et faibles. Nous arrivons bientôt au terme de la guerre sainte, vous n'êtes plus qu'une poignée que nous écraserons définitivement !

— À vrai dire, je suis le dernier représentant de la race vampirique.

— Alors c'est pour cela que tu m'as gardé ? Pour faire de moi un nosferatu ?

— Deopter, voyez-vous, a mené des recherches ici même, en consultant d'anciens écrits des archivistes vampires, et il a découvert quelque chose, un secret qui pourrait changer la face du monde.

— Tu ne m'as pas répondu ! Que comptes-tu faire de moi ? »

L'homme en noir revint vers son prisonnier et, penché sur lui, le saisit par la mâchoire, le forçant à le regarder dans les yeux. Si jusque-là, le son de sa voix avait été légèrement détaché, cette fois, à travers le tissu de son écharpe, il déclara très sérieusement.

« Je vais vous confier ce secret. Et après l'avoir entendu, il se pourrait bien que vous souhaitiez vous-même devenir un vampire. »

An 572 du calendrier Théodorien, mois du deuil, jour IV

Mes recherches ont abouti. Je voulais en apprendre plus sur le passé des hommes mais c'est le secret de l'existence des vampires que j'ai percé à jour. Précieusement consigné par les premiers-nés, sans l'holocauste, je n'aurai jamais eu accès à ces antiques écrits. Ils ignorent eux-mêmes leur vraie nature car celle-ci est inhérente à leur condition de suceur de sang. Toutes ces années, nous avions fait fausse route. Ils étaient indispensables au salut de nos âmes.

« Hérésie !

— La lecture vous a-t-elle plu ?

— Dans quel traquenard penses-tu me mener, démon ? Je ne suis pas dupe, c'est un faux.

— Libre à vous de vous en persuader mais je crois que vous savez qu'il s'agit de l'original.

— Peu importe ! Tu parlais d'un secret, je n'en ai vu que la mention, point le contenu. »

Le vampire sourit, dévoilant par ce rictus satisfait la pointe de ses canines démesurées.

« Votre curiosité est maintenant éveillée. La révélation est rédigée sur les dernières pages que vous trouverez sur mon bureau.

— Pourquoi ne pas me les avoir données en même temps ?

— Parce que ce secret n'a de valeur que si vous êtes prêt à l'entendre. Je ne pouvais ni vous forcer la lecture ni vous l'apprendre de ma propre voix. Je vous l'ai dit : il peut changer la face du monde. C'est quelque chose que vous devez accepter d'encaisser, homme de foi.

— Que Dieu m'en soit témoin, jamais je ne céderai à tes exigences ! Je peux sentir le maléfice de ton entreprise !

— Je vous le répète, ce n'est pas une question de menace ou d'exigences. Vous pouvez admettre ce secret ou l'ignorer…

— Et que pourrais-je bien en faire ? Qui suis-je pour amorcer le changement de notre société ?

— Ça, seul votre cœur en connaît la réponse… »

Le vampire alla calmement s'asseoir sur le socle de la statue de Deopter. Il resta là sans rien dire pendant plusieurs minutes, fixant attentivement le chasseur qui lui aussi se maintenait dans un mutisme obtus.

« Tu me dis que je suis libre de lire ou de ne pas lire ces pages qui renfermeraient une prétendue révélation. Mais je ne vois aucune liberté en ces chaînes qui me retiennent.

— Elles sont là pour votre sécurité autant que pour la mienne. Lorsque vous serez prêt à découvrir ces lignes, elles seront devenues inutiles.

— Et si je ne consens jamais à jeter un œil sur ces écrits ?

— Vous y consentirez. L'idée est déjà implantée dans votre esprit, vous vous forcez juste à la taire pour l'instant. »

Le croisé se mordit les lèvres. Dans les minutes qui suivirent, il désira plusieurs fois prendre la parole avant d'abandonner. Le vampire avait raison, il devait savoir ce qui était rédigé sur ces pages. Il s'agissait des mémoires de Deopter après tout, le saint patron de son ordre. Offertes ou non par un démon, ces feuillets avaient le statut de reliques sacrées.

« Passons un accord. J'accepte de lire les mémoires de Deopter sur ton bureau, en échange tu me détaches. Je jure au nom de mon Dieu de ne pas te tuer avant d'avoir lu le récit de mon aîné. Pour ce qui est de ta survie par la suite, cela dépendra de ce fameux mystère. »

D'un geste de la main, le vampire descella les entraves du chasseur à distance. Il se rendit au bureau et empila quelques feuillets au centre.

« Voici les pages en question… »

Dans son dos, il entendit un cliquetis caractéristique. Il se retourna pour découvrir le croisé qui venait d'armer son arbalète et le tenait en joue. De ses yeux luisants, l'enfant de la Lune dévisagea son adversaire. Il n'exprimait nul regret d'avoir libéré le guerrier saint tout comme le chasseur ne montrait aucune culpabilité à s'être joué du démon.

« Avec toi, ce soir, s'éteint la race des vampires. Adieu, créature impie. »

Son doigt entama alors une légère pression sur la gâchette. Il sembla hésiter un instant. Dans un geste simple que le croisé prit pour une menace, le vampire abandonna les pages sur le bureau. Le pieu fila à toute vitesse à travers la pièce et vint se planter dans la poitrine du nosferatu. Ce dernier fut projeté en arrière contre la statue de Deopter. Il s'effondra, blessé. Une quantité importante de sang s'écoulait du trou ainsi creusé par le projectile d'argent.

« Le parjure est un péché majeur d'autant plus lorsqu'il a été prononcé au nom de Dieu.

— Je t'ai promis de ne pas te tuer avant d'avoir lu ces pages. Tu seras encore en vie à la fin de ma lecture. Une mort lente sera ainsi la garante de ma promesse ; l'argent va te brûler de l'intérieur, empêchant ta régénération. L'hémorragie se chargera du reste. »

Le croisé rengaina son arbalète dans son dos et se dirigea vers les anciens textes.

An 1600 du calendrier Théodorien, mois de la mousson, jour XIII

Il est temps pour moi de coucher sur le papier la conclusion de mes mémoires car j'ai échoué à sauver ce monde...

« Quoi ? De quelle supercherie s'agit-il ? Dans la précipitation, tu ne t'es même pas rendu compte que tu n'avais pas fait correspondre les dates. Tu as inscrit notre année ! Tu pensais vraiment que je tomberais dans le panneau !

— Lisez... les pages... Tenez votre promesse... »

Lorsque je saisis toute l'ampleur de notre erreur, j'ai prié pour notre salut. Mais il n'était pas trop tard, la race que j'avais presque exterminée avec mes confrères devait survivre. Je décidais d'en référer aux cardinaux supérieurs mais j'étais bien naïf de croire qu'ils accepteraient cette vérité aussi déplaisante soit-elle à entendre. Bien loin d'admettre la méprise qui conduisait à l'extinction d'une espèce salutaire, ils me traitèrent d'hérétique et procédèrent dans le plus grand secret à mon assassinat. Je n'y opposais que peu de résistance. Les zones d'ombre sur notre passé avaient quand même éveillé suffisamment de méfiance en moi pour élaborer un plan B. Avant d'être convoqué à l'audience, j'avais ingurgité du sang de vampire. Aussi me relevai-je de ma mort humaine et devins un nosferatu avec pour mission de repeupler rapidement la surface de la Terre de mes nouveaux congénères. Je fus surpris de me voir canonisé par l'Église, mais il était malicieux d'incriminer les derniers vampires pour mon décès afin d'exhorter les rangs de mes anciens camarades. Ma quête fut vaine. Les forces du Vatican se sont multipliées au cours des siècles qui suivirent et la population de nosferatus que j'avais engendrés était jeune et inexpérimentée. Après un millénaire, nous en étions revenus au point de non-retour à moins qu'à mon instar, quelqu'un comprenne la raison de l'existence des vampires.

« " Seul face à un vampire d'un millénaire "... Quel est votre nom ? »

Le vampire toussa derrière son écharpe et répondit difficilement.

« Mon nom, vous l'avez déjà deviné. »

Le croisé s'empressa d'aller chercher quelque chose dans les décombres de pierre. Il en retourna quelques-unes avant de trouver l'objet en question. Il s'en saisit et revint à hauteur du mourant. Il arracha le masque de tissu noir qui dissimulait l'identité du fils de la nuit et positionna la tête de la statue à côté de son visage. Les traits étaient identiques. Le vampire n'était autre que Deopter, le saint patron de l'ordre de la Faux Sacrée, les exécuteurs de démons.

« Pourquoi ? Quel peut donc être ce secret pour que vous deveniez l'une de ces choses ? »

Le croisé était saisi d'émotions contradictoires entre peine et colère, tiraillé entre ses remords naissants et ses convictions ébranlées mais toujours solides.

« Finissez votre lecture… »

Dans les temps anciens, les médecins procédaient à des saignées pour extraire le mal qui rongeait la santé de leurs patients. Si cela précipitait le décès physique des malheureux, ils n'avaient pas totalement tort. Ce mal corrompait l'âme via le sang, la nourriture du vampire. Tout était déjà écrit, la solution était sous nos yeux. Au jour de l'apocalypse, les quatre cavaliers seraient accompagnés des morts relevés. Vêtus d'une robe blanche, ils attendraient que le reste des vivants soit conduit avec eux au jugement dernier. Qui aurait pu croire que la peau livide des non-morts était cette fameuse robe blanche ? Oui, les vampires étaient les enfants déchus de Dieu qui nettoyaient nos âmes du sang infecté de nos péchés. Ils absorbent en même temps que notre fluide vital l'immondice de nos fautes, nous lavant ainsi avant le verdict du Très-Haut. De leurs repas, inconscients du legs infesté qu'ils ingurgitent, ils alourdissent leurs propres esprits de damnés. J'ai failli pourfendre jusqu'au dernier ces blanchisseurs d'âmes alors je devais réparer moi-même mes erreurs et ne pas abandonner l'humanité. À la différence de mes frères vampires, j'ai accepté pleinement le sacrifice de mon essence spirituelle pour en sauver des centaines, des milliers. Après tant de siècles à absorber les péchés des humains, le diable se frotte les mains de m'accueillir prochainement. Je serai le clou de sa collection, ma damnation perdurera par-delà l'éternité.

Au fur et à mesure de la lecture, la flamme qui brûlait le regard du croisé vacilla et perdit de son assurance. La révélation, en effet, changeait la face du monde, de son existence jusqu'au comportement même de l'institution chrétienne. Il s'approcha du vampire et s'accroupit à sa hauteur. Il dégaina une dague et s'entailla le bras, faisant ruisseler l'hémoglobine sur sa peau tatouée au sceau de son ordre. Il présenta sa plaie en offrande au vampire.

« Buvez, mon sang vous régénérera et à nous deux, nous pourrons encore arranger les choses. Tant que vous vivez, tout espoir n'est pas perdu. »

Le vampire puisa dans ses dernières forces pour redresser la tête et regarda le chasseur. Il tendit lentement la main et se saisit du poignet ainsi offert en dégustation. Puis il le baissa, l'éloignant de ses crocs affamés de guérison.

« Vous ne comprenez pas. J'ai toujours su que je ne survivrai pas à notre rencontre… »

Il toussa quelques gerbes de sang, ayant de plus en plus de mal à s'exprimer.

« Mon but n'était pas de repeupler le monde de mes semblables. Le temps des vampires s'achève ici avec moi. Vous allez rentrer à Rome avec l'incommensurable responsabilité de guider l'Humanité sur cette nouvelle voie, car dorénavant, elle ne pourra plus se cacher derrière le pardon divin. Il est tant que l'homme vive avec le poids de ses erreurs et assume ses péchés. »

FIN

LIS-MOI

Les arbres, le long de la route, défilaient comme des fantômes à travers la vitre arrière de la voiture. Parsemé à intervalles réguliers sur le bas-côté de la chaussée, ce simulacre de nature soulignait le passage de l'homme. Les terres foulées de son pied sale conservaient les stigmates de sa venue, comme cette allée de peupliers dressés pour honorer ce tapis infâme de béton. Christian restait le nez collé à la fenêtre, bercé par ces flashes végétaux qui traversaient son champ de vision, loin de ces considérations. Il tourna légèrement la poignée pour abaisser la vitre. Aussitôt, un courant d'air frais s'engouffra dans l'habitacle de la voiture, balayant en arrière sa chevelure brune. Il ferma les yeux et se laissa caresser par les doigts joueurs du vent, s'abandonnant ainsi à ce plaisir simple et pourtant si agréable.

« Ferme la fenêtre, tu vas attraper froid ! »

Sa mère avait pris le risque stupide de quitter la route des yeux, le temps de lui faire sa remontrance, appuyant son ordre de toute l'autorité qu'elle pouvait tirer de son regard sévère. Ce geste inutile, aux vues de l'indifférence quasi totale de Christian, lui permit néanmoins de décrypter sur les lèvres de son fils un mot qui n'aurait jamais dû sortir de la bouche d'un enfant bien éduqué. Elle soupira et retourna à sa conduite, en ajoutant avec tristesse :

« Tu sais Christian, j'en arrive à penser que malgré ton mutisme, tu en dis parfois beaucoup trop... »

En effet, Christian était né muet et vraisemblablement sous une mauvaise étoile. Son père alcoolique avait, lui, la langue bien pendue et le bras lourd. Il n'avait appris de son géniteur que ces mots doux qu'il prononçait à sa femme, et dont Christian venait de reproduire le mouvement des lèvres. En revanche, lorsqu'il fut en âge d'être battu, son paternel se fit un devoir de lui marteler la tête de coups éducatifs, pour lui mettre du plomb dans la cervelle, comme il se plaisait à dire. Il ne réussit qu'à en chasser la raison qui y habitait, et au réveil de son coma, Christian ne fut plus jamais le même. De sa cellule, son père n'en sut jamais rien.

Depuis lors, sa mère, culpabilisée de n'être jamais intervenue pour défendre son enfant, l'avait entièrement pris en charge, refusant les aides médicales proposées à Christian.

Elle n'avait pas mesuré le poids de cette tâche et elle avait fini par craquer ; ils étaient donc en route pour confier son fils, devenu adolescent, à un organisme social spécialisé.

Une larme coula le long de la joue de sa mère lorsque la voiture franchit l'enceinte de l'Institut Edelweiss. La perle d'eau salée s'insinua dans une gouttière de cet épiderme vieilli trop rapidement par le temps, le stress et les inquiétudes quotidiennes. Le véhicule remonta l'allée qui conduisait au bâtiment principal, perdu à l'orée d'un petit bois dénudé par un automne bientôt passé. Elle se gara face aux marches d'entrée, usées et recouvertes de lichens et de mousse. Elle resta immobile, à la recherche d'une phrase à dire, d'un sentiment à exprimer.

« Nous y sommes... » furent les seuls mots qui s'extirpèrent de sa bouche, tellement honteux qu'ils s'atténuèrent bien vite, portés par une voix timide.

Elle descendit de la voiture, en fit le tour et ouvrit la portière à son fils, prisonnier de la sécurité pour enfant malgré ses seize ans. Il sortit et s'étira. Il avait le visage jeune, à demi caché par ses cheveux mi-longs, à travers les mèches desquels on pouvait apercevoir des yeux verts dont le regard semblait définitivement égaré au loin. À l'arrivée du personnel d'accueil, Christian plongea les mains dans les poches de son baggy noir, empoignant le tissu et le tordant fortement en même temps qu'il baissait la tête.

« Bonjour à vous, bienvenue à l'Institut Edelweiss, je suis le directeur et médecin Jean-Marc Latus. Et voici Christian, je suppose. »

C'était un homme d'un certain âge qui venait de s'adresser à eux, d'une voix faussement amicale tout comme son visage d'apparence sympathique ; simple procédure de prise de contact et de mise en confiance avec les patients. Il était vêtu d'une blouse blanche, enfilée par-dessus un costume et il tenait à la main des papiers qui ressemblaient au dossier médical de Christian.

« Je vous présente une partie de l'équipe. Voici Clotilde notre infirmière en chef et Maxence infirmier et responsable du dortoir des hommes. »

Clotilde était une femme d'une quarantaine d'années, aux traits doux et rassurants. Elle sourit à la famille d'un air, cette fois, bien sincère. Quant à Maxence, c'était un jeune trentenaire qui semblait fort sympathique et tout aussi jovial.

« Salut Christian, je suis Maxence, mais ici tout le monde m'appelle Max. »

Le directeur reprit :

« Veuillez me suivre, nous allons remplir les derniers papiers d'admission. Vous avez déjà eu la visite de l'établissement à notre dernière rencontre, me semble-t-il. »

Tout ce petit groupe prit la direction de l'entrée sauf Christian qui restait immobile comme une statue, plongé dans ses inhibitions les plus profondes.

« Allez, viens Christian, supplia sa mère.

— Laissez-le, ce n'est pas grave. Max va lui tenir compagnie. Accordons-lui un peu de temps pour s'acclimater. En revanche, l'heure des consultations approche, si vous pouviez m'accompagner pour les formulaires.

— Bien sûr, répondit-elle sur un ton qui laissait transparaître ses appréhensions à abandonner son fils.

— Je reviens... », ajouta-t-elle à l'attention de celui-ci, avant de suivre le directeur et Clotilde d'un pas lent et forcé.

Ne restèrent plus que Max et Christian sur le parvis de l'institut. Le jeune infirmier s'assit sur les marches de façon décontractée.

Il renversa la tête en arrière et observa le ciel recouvert de nuages grisâtres.

« Ça sent l'orage pour cette nuit... »

Il se redressa et s'intéressa à Christian.

« Tu sais mon gars, j'ai vu pas mal d'arrivants comme toi. Je commence à comprendre ce que vous ressentez, au travers des diverses réactions. Tous m'ont fait de la peine et pour cause, ça ne sera pas facile ici, surtout pour toi. Il paraît que tu as tendance à t'en mettre plein la tête avec tout ce qui te passe sous la main... alors forcément ta chambre a été aménagée avec un mobilier restreint. Mais dis-toi bien une chose : tu ne dois pas te sentir abandonné parce que moi je serais là pour veiller sur toi. »

Christian ne répondit pas et semblait toujours perdu dans ses pensées.

« T'en fais pas, je ne dirai à personne que tu es resté là pour cacher tes larmes. Viens t'asseoir, mon grand. »

Christian demeura encore sans réaction quelques secondes, puis lâcha l'une de ses poches et passa la manche de son tee-shirt sur son visage pour essuyer ses quelques larmes bien dissimulées. Lentement, il vint s'asseoir sur la même marche que Max, desserrant peu à peu son étreinte sur le tissu de son pantalon.

Le jeune homme chahuta la chevelure de l'adolescent, tout en lui souriant avec une tendresse fraternelle. Ce fut le premier contact entre Christian et Max.

« Christian, arrête-toi ! »

Une course-poursuite se déroulait à travers les couloirs de la résidence. Christian détalait à vive allure, bousculant les patients qui étaient sur sa route, dressés comme un jeu de quilles. À ses trousses, trottaient à en perdre haleine Max et trois autres infirmiers. Deux d'entre eux furent d'ailleurs forcés de s'arrêter afin de rassurer les malades terrorisés par cette brusque et violente irruption, perturbant leur paisible routine.

« Christian, reviens ici ! » hurla de nouveau Max.

Au carrefour suivant, une femme en chaise roulante déboucha, coupant la trajectoire de l'adolescent en fuite. Il bifurqua par réflexe, mais ne put empêcher pour autant la collision inévitable ; il percuta le fauteuil, le faisant basculer sur le côté, ce qui ne manqua pas d'en expulser son occupante. Le jeune homme, lui, trébucha en avant, tout en tournant sur lui-même à cause du virage qu'il venait d'amorcer, de sorte qu'il chuta violemment sur le dos. Le choc brutal lui fit lâcher un objet, métallique d'après son tintement, qu'il tenait fermement dans sa main jusqu'alors. Ses poursuivants arrivèrent presque à sa hauteur, le garçon, un peu sonné, se releva tant bien que mal, ramassant son précieux objet, et s'enfuit en boitillant. Max dut sauter par-dessus le fauteuil roulant qui bloquait le passage, pour éviter de tomber. Tenté de rattraper Christian, il fut néanmoins forcé d'aider son collègue à réinstaller sur sa chaise la pauvre dame renversée à terre. Aussitôt, il reprit sa chasse mais ces quelques secondes avaient été utiles au fuyard qui avait disparu.

« Eh merde ! »

Alors qu'il exprimait toute sa colère sur le radiateur du couloir, Max fut rejoint par son collègue qui avait pris soin de s'assurer de la santé de l'homme accidenté. Max se retourna vers ce dernier, le regard empli de fureur.

« Bon sang, mais qu'est-ce que t'as foutu ? Trois mois qu'il est ici et tu ne sais toujours pas qu'il faut toujours vérifier qu'il ne manque aucun couvert sur le plateau-repas du gosse !

— Il utilise des couverts en plastique, je te rappelle !

— Alors s'il a réussi à se faufiler en douce jusqu'aux cuisines, ça en dit long sur ton aptitude à surveiller les patients !

— Je…

— Avec un couteau entre les mains, il est capable du pire pour lui-même. S'il lui arrivait quelque chose… »

Max venait de s'interrompre. Le couloir dans lequel ils se trouvaient longeait le jardin intérieur, déserté en hiver. À travers l'une des fenêtres, ils virent Christian déboucher dehors. Ils se hâtèrent à nouveau, Max en tête.

Lorsqu'ils arrivèrent à l'extérieur, Christian était debout sur le rebord du bassin qui, à cette période de l'année, était rempli d'eau croupie. Il tenait d'une main son tee-shirt relevé, dévoilant un torse nu à la peau blanche et de l'autre, pointait la lame du couteau sur son ventre, s'orientant grâce à son reflet sur la surface de la fontaine.

Sous le fil aiguisé, une goutte de sang naquit et s'extirpa du corps de Christian, coulant le long du métal froid. Max se rua vers l'adolescent et lui saisit le bras pour l'écarter vivement. L'infirmier serrait toujours fermement le poignet de Christian, appuyant son étreinte pour lui faire lâcher le couteau, alors qu'il essayait en même temps de maintenir le buste du jeune homme contre le sien pour l'empêcher de se débattre. Mais celui-ci déployait toute l'énergie et la rage de la jeunesse pour tenter de se libérer, et il finit enfin par perdre l'équilibre, entraînant le surveillant avec lui dans sa chute. Ils firent un plongeon dans le liquide verdâtre du bassin et réapparurent quelques secondes plus tard, au milieu des éclaboussures provoquées par Christian, toujours aussi agité. Or, Max le tenait fermement contre lui, malgré l'eau gelée dans laquelle ils se trouvaient.

« Du calme Christian. Allez, petit ! C'est fini, calme-toi. »

Max essayait par tous les moyens de rassurer son jeune ami dont les larmes se mélangeaient à l'eau croupie sur son visage. Le couteau, pendant la chute, avait échappé des mains de Christian et s'était retrouvé au pied du second infirmier qui était resté là, inerte, en spectateur muet. L'adolescent se tordit sur lui-même, jetant ses pieds en avant. On eût dit que sa vie en dépendait, tant il semblait manifester l'énergie du désespoir.

Et puis, il passa subitement de l'état de taureau furieux à celui de statue. L'eau autour d'eux se stabilisa et ne fut plus qu'agitée par de légers remous. Les deux hommes étaient épuisés et leur respiration haletante, par ce froid, s'échappait sous forme de vapeur. Max posa sa tête contre celle du garçon, les larmes lui venaient aux yeux, à lui aussi.

« C'est fini petit, c'est fini... », sa voix reflétait toute l'amitié qu'il portait à ce gosse pour lequel il s'était pris d'affection.

C'est alors que Max découvrit avec étonnement la raison de ce calme soudain : de l'autre côté du bassin, face à eux, se tenait une jeune fille que Christian ne quittait plus du regard.

« Mon Dieu, aidez-moi. Quelqu'un se noie., dit-elle d'un ton apeuré et fragile.

— Non Évangeline, ne t'inquiète pas. Tout le monde va bien », s'empressa-t-il de répondre, pour la rassurer.

Elle ne devait avoir que quelques années de plus que Christian. Son visage reflétait la grâce d'une beauté froide, sans un sourire et de son expression figée se dégageait un charme envoûtant qui délivrait tout son pouvoir sur l'adolescent. La chevelure blonde, légèrement bouclée au niveau des pointes, caressait la peau blanche de ses joues puis allait se perdre derrière ses épaules. Elle fixait droit en direction des deux hommes trempés jusqu'aux os, en revanche ses paupières restaient closes.

« J'ai entendu quelqu'un se débattre dans l'eau alors j'ai pensé... », annonça-t-elle pour tenter de justifier son angoisse soudaine.

— Ce n'est rien, c'est juste Christian qui me faisait prendre un bain, plaisanta Max, pour dédramatiser la situation aux yeux des deux jeunes gens.

— Christian ?, demanda-t-elle, d'une voix douce et aérienne, aussi légère que les flocons de neige qui commençaient à tomber.

— Quoi, vous ne vous êtes jamais rencontrés ? Tu vois Évangeline, on te l'a déjà dit, tu passes trop de temps isolée. De plus, ce n'est pas la bonne saison pour te promener ainsi dans les jardins, tu n'as même pas pensé à mettre un manteau. »

Le garçon, lui, ne se remettait pas encore de cette rencontre et il dut attendre que Max le secoue, pour retrouver partiellement ses esprits.

« Allez viens Christian. On va se sécher avant d'attraper la crève. André, raccompagne Évangeline à l'intérieur, s'il te plaît. Tu as bien récupéré le couteau ? », conclut-il, à l'attention de son collègue.

Ce dernier confirma tout en prenant délicatement Évangeline par le bras. Ils se dirigèrent vers l'aile des patientes, tout en entamant une conversation calme.

Christian sortit du bassin, sans détacher son regard de la jeune fille pour autant, et faillit même perdre l'équilibre et rechuter vers l'eau glacée mais Max veillait au grain.

« Eh ben dis-moi, elle t'a tapé dans l'œil, on dirait. Faut dire je te comprends, les jeunes ne sont pas foule ici, vous êtes nos deux plus jeunes pensionnaires. »

L'adolescent, sans se soucier de rentrer pour se sécher, noétomalalia pour s'exprimer. Il pratiquait le langage des signes que Max comprenait fort bien. Il lui arrivait parfois de répondre avec les mains pour que Christian ne se sente pas seul dans son mode de communication, cela même si le jeune garçon n'était pas sourd et qu'il pouvait entendre ce qu'on lui disait.

« *Pourquoi est-elle là ?* »

« Elle souffre d'hypersensibilité. C'est pour cela qu'elle s'isole le plus souvent dans les jardins, ça l'apaise. Et tu as dû le remarquer, la jeunesse n'est pas votre seul point commun : si toi tu ne peux pas parler, elle, elle ne peut pas voir. Elle est aveugle. »

« *Alors je ne pourrai pas communiquer avec elle. Elle ne verra jamais mes signes.* »

« Ça ne sera pas facile, c'est vrai. Mais rassure-toi, il y a toujours des solutions. Je pourrais servir d'interprète et lui rapporter tes paroles. »

Le jeune homme fit la moue et bredouilla avec ses mains.

« Oh je vois, tu préférerais ne pas avoir de spectateurs pour lui parler. Alors... tu pourrais utiliser le braille, tu sais, l'écriture en relief », suggéra Max.

Le garçon sembla tout d'un coup pensif. Max l'attrapa alors par l'épaule.

« Allez va donc te changer, Don Juan. Il ne faudrait pas lui éternuer au visage, à votre prochaine rencontre. »

Le garçon tira la langue et s'en alla au trot, en direction de sa chambre. L'infirmier et ami le regarda partir d'un air à nouveau inquiet ; ils avaient encore frôlé la catastrophe aujourd'hui, avec ce petit.

Au moment où André replaça le couteau dans les cuisines, sans s'apercevoir que la lame était partiellement brisée, Christian se pencha pour ramasser un fragment de métal, à l'endroit où il avait percuté le fauteuil roulant.

Quelques jours plus tard, Christian se rendit dans la salle commune dans l'espoir d'y rencontrer Évangeline. Il n'était pas fréquent pour lui de rester dans ce lieu assez spécial. Il s'agissait d'un grand salon où les patients pouvaient pratiquer divers loisirs : télévision, jeux de cartes ou de société, lecture ou simplement discuter entre eux et parler de la pluie, du beau temps, pas d'importants débats en définitive. Le souci majeur pour Christian était qu'il se sentait mal à l'aise parmi toutes ces personnes, pour la plupart d'un âge avancé et qui n'avaient pas forcément toute leur tête. Maintenant qu'il avait découvert l'existence d'Évangeline, il chérissait l'espoir de l'y dénicher dans un recoin, à l'écart des autres patients Il pénétra dans la pièce plutôt bruyante où le brouhaha général était alimenté de conversations pas toujours logiques, voire de petits cris ou gémissements étranges de patients plus déséquilibrés que d'autres.

« Oh, mais c'est Christian ! », l'interpella une voix devenue chevrotante au fil des années.

Il s'agissait du clan des vieilles séductrices, comme se plaisait à les surnommer Christian. Trois dames d'un certain âge, faisaient de la broderie, assises en cercle. L'une d'elles avait remarqué la présence du jeune. Elles aimaient le chouchouter mais d'une affection légèrement trop démonstrative au goût de l'adolescent qui estimait avoir passé le stade de se faire tirer les joues.

Ses signes de négation de la tête et de ses deux mains ne furent pas de trop pour faire comprendre au trio qu'il n'était pas venu les voir. Se perdant en excuses, il fut rapidement dépassé par les remarques des brodeuses.

Et c'est là qu'il l'aperçut. Elle était assise à l'écart, près d'une fenêtre. Elle l'avait légèrement entrouverte et semblait respirer la fraîcheur qui s'engouffrait dans le salon de façon discrètement, de manière à ne pas alerter les infirmiers qui auraient jugé que ce courant d'air pouvait la rendre malade. Elle passa sa main sur le rebord et recueillit un peu de neige du bout des doigts, après avoir caressé la texture de ce petit banc de flocons. Elle laissa fondre la pellicule qui coulait le long de ses mains, sous forme de gouttes cristallines. Christian l'admira quelques minutes avant de trouver le courage de l'approcher. Il se fit le plus discret qu'il pût, mais la jeune fille, pour contrebalancer son handicap, avait développé ses autres sens.

« Oui ? Qui est-ce ? », demanda-t-elle de sa voix fragile et pure.

Christian au pied du mur s'arrêta, il était encore temps de faire marche arrière. Évangeline tendit la main sur laquelle ruisselaient les gouttes de neige fondue, vers celui qui était toujours pour elle un inconnu. Elle avait des doigts fins et délicats qui tremblaient légèrement, juste sous les yeux de Christian. Il inspira pour se donner du courage, remonta sa manche et saisit la paume de la jeune fille avec tendresse. Il lui caressa le revers de la main de son pouce pour la rassurer, et la conduisit jusqu'à l'appliquer sur son bras. Cette fois, Évangeline frémit vraiment lorsqu'elle entra en contact avec la peau de l'adolescent dont elle examina le grain rapidement.

La présence d'un relief particulier l'avait interpellé et elle découvrit avec horreur qu'il lui était destiné. Elle poussa un cri et se releva d'un coup, renversant sa chaise avec fracas. Elle voulut s'enfuir mais bouscula la table, ce qui ne manqua pas d'alerter toute la pièce. Christian rabaissa rapidement sa manche alors que la jeune fille se plaquait contre le mur et se laissait glisser au sol dans le coin, en pleurs, se masquant le visage. Les infirmiers de garde accoururent.

« Évangeline, que se passe-t-il ? Christian, qu'est-ce qu'elle a ? Qu'as-tu fait ? », interrogèrent les surveillants inquiets.

Christian haussa les épaules, faisant mine de ne pas savoir et Évangeline n'était pas en état de répondre.

« Allez viens, Évangeline. On te raccompagne dans ta chambre. Tu devrais en faire autant Christian, Max va venir te voir. »

L'adolescent fit demi-tour et s'enfuit rapidement, plus pour cacher la larme qui coulait au coin de son œil, que pour obéir. Une fois dans sa cellule, il ferma à clé et releva sa manche. À l'intérieur de son bras, une chair encore mal cicatrisée dessinait les mots : CHRISTIAN, MUET.

En début de soirée, on frappa à sa chambre. Il s'agissait de Max, son ami mais néanmoins surveillant. Celui-ci pénétra dans la pièce, laissant la porte entrouverte sur le couloir. Il prit une chaise et s'assit face au lit de Christian.

« Assieds-toi, Chris, lui demanda gentiment Max. On m'a raconté ce qui s'était passé au salon, cet après-midi. Tu sais, il a fallu plusieurs heures pour parvenir à calmer et rassurer Évangeline. Elle n'a pas été capable de nous dire pourquoi elle avait été affolée, alors je suis venu voir si je pouvais en apprendre plus auprès de toi. »

Le garçon haussa les épaules, tout en regardant Max droit dans les yeux.

« Je vois... Vous êtes tous les deux pareils parfois. Elle n'a pas avoué grand-chose de plus que toi. Je me souviens de l'impression qu'elle t'avait fait et je me doute bien que tu ne voulais pas l'effrayer. Mais laisse-moi te dire qu'Évangeline est hypersensible, c'est-à-dire qu'elle ne contrôle pas l'intensité de ses sentiments. Je pense qu'elle a pris peur parce que tu ne répondais pas... Tu en étais incapable, bien sûr, et elle ne pouvait pas le deviner. Elle a semblé reprendre ses esprits quand on lui a annoncé que tu étais muet. Elle s'est calmée peu après. Je pense que pour clore ce chapitre de la meilleure façon possible, des présentations officielles s'imposent. Évangeline, tu peux entrer. »

Christian se figea sur ses draps, fixant attentivement la porte, quand celle-ci s'entrebâilla, laissant entrevoir la silhouette fantomatique de l'adolescente qui semblait constamment absente. Elle entra dans la chambre timidement, d'autant plus qu'il s'agissait de celle d'un jeune homme. Malgré sa cécité, elle avait le réflexe de baisser la tête comme pour éviter de croiser un regard. Sa main tendue en avant caressait la surface du mobilier de la pièce, comme un guide pour la faire progresser dans ce territoire inconnu et effrayant.

« Eh bien Évangeline, je te présente Christian. Christian, voici Évangeline. »

Le jeune homme se leva mais fut désemparé de ne pouvoir répondre.

« Enchantée, Christian. Maxence m'a expliqué pour ton mutisme, je n'étais pas au courant. Je te prie de m'excuser pour ma crise de tout à l'heure. »

Sa voix douce et timide relâchait les mots au compte-gouttes, mais ces quelques paroles rougirent le teint du jeune garçon, sans doute par la culpabilité qu'il tentait si bien de dissimuler.

« Je vais vous laisser tous les deux. Je t'ai rapporté un petit quelque chose, Christian. »

Max sortit une boîte de sa poche, il s'agissait d'un alphabet pour enfant avec des lettres sculptées dans le bois.

« Maintenant que vous avez pris connaissance des handicaps de chacun et avec ceci, vous devriez pouvoir communiquer. Évangeline, ne tarde pas trop quand même. »

L'infirmier sourit à Christian qui examinait les lettres en bois et sortit de la chambre, en refermant doucement la porte.

Un silence gêné s'établit après le départ de Max qui dura plusieurs minutes interminables.

« Quel âge as-tu ? », fut la première question qui rompit ce mutisme.

Christian fouilla dans sa boîte. Il y avait aussi des nombres et des symboles de ponctuations. Il s'approcha de la table, vida intégralement le contenu et écrivit *16*. Il guida délicatement la main de la jeune fille, qui effleura les chiffres, en les dessinant pour les assimiler dans son esprit.

« Nous avons presque le même âge, j'ai 18 ans. »

Le silence retomba mais la main de Christian resta sur celle de la jeune fille. Peut-être parce qu'elle craignait qu'il ne la reconduise à ce bras où les mots demeuraient gravés dans la chair, elle décida d'aborder le sujet.

« Pourquoi avoir fait cela ? »

Christian farfouilla dans les motifs en bois répandus sur la table, composant ce qu'il pouvait avec l'exemplaire limité de chaque lettre qu'il avait à sa disposition.

SOUFFRIR = NE PAS TE PARLER

Pendant qu'Évangeline parcourait ces mots, il confectionna le suivant.

CONFIANCE.

Évangeline le lut comme le reste et acquiesça. Quelque chose l'interpellait chez Christian, elle se sentait bien avec lui. Son geste fou et effrayant n'était que la conséquence de son désir de lui parler. Et après ce qu'elle venait de lire, elle ne voulait pas le tourmenter.

La main de Christian regagna celle d'Évangeline, un léger contact qui les fit frissonner tous deux. Il emporta ses doigts en direction de sa propre gorge où il les y appliqua. Évangeline put sentir le pouls du jeune homme s'accélérer et le sang chaud qui était projeté dans les veines. Il la guida, aussi hésitante fut-elle, vers son col, sous lequel il la glissa jusqu'à l'épaule. Il l'y déposa et là, de nouveau, elle put déchiffrer en lettres de chair « LIS-MOI ».

Cette fois, la jeune fille ne recula pas et ne prit pas peur. De ses deux mains, elle épousa le visage de Christian, lui effleurant les traits de manière symétrique. Du bout de ses doigts, elle se représenta ainsi, dans son esprit, le tableau de la beauté torturée de Christian. Elle se fraya un chemin entre les mèches de ses cheveux, jouant avec pour en connaître la texture, la rigidité.

Christian s'approcha d'un pas. Il faisait la même taille qu'Évangeline, et leurs souffles anxieux se mélangeaient lors de ces saccades respiratoires. Du bout des doigts, elle dessina les contours de sa bouche muette qui lançait pourtant des appels désespérés. Nulle lettre n'était nécessaire pour rédiger leurs désirs. Elle approcha lentement son visage pour y répondre et frôla d'un humide contact les commissures suppliantes et avides de baisers du jeune homme. L'étreinte de ce premier échange se voulut timide et maladroite. Les mains se cherchaient, les yeux ne savaient pas quel comportement adopter et les lèvres tremblaient, jusqu'au moment où la flamme qui venait d'être allumée leur brûla toute capacité à réfléchir, leur offrant ainsi tous les délices des plaisirs innocents.

Les beaux jours revinrent à grands pas, pour accompagner cet amour naissant. Les rayons lumineux percèrent les nuages grisâtres et firent fondre la neige qui gelait les cœurs. L'aube d'un printemps heureux réveillait les âmes des Edelweiss. Le vent restait de saison, c'est-à-dire froid et trompeur malgré le soleil. Mais le jeune couple était indifférent aux ruses du climat. Ils passaient leur temps dans le jardin, isolés en pleine nature. Il était rare que d'autres personnes sortent et ils trouvaient donc en ces lieux, leur havre de paix. Les patients et le personnel souriaient face à cette union, Évangeline et Christian, de par leur âge, étaient déjà les mascottes de l'institut et cela même en dépit de leur personnalité discrète. Depuis leur coup de foudre, ils animaient et faisaient partager des sentiments de bien-être dans le cœur des résidents. L'Edelweiss avait donc pris un nouveau visage, celui de l'amour éternellement jeune.

Ce jour-là, ils étaient allongés dans l'herbe humide, dans les bras l'un de l'autre. Évangeline caressait le torse de Christian, la main sous son tee-shirt. Elle repassait avec tendresse les cicatrices qui s'étaient multipliées.

Elles étaient pour la plupart des témoignages de ses sentiments en quelques mots : *Je t'aime. Pour toujours. Ne me quitte pas*...

Elles se mélangeaient à des marques plus anciennes qui n'étaient que les ruines de blessures profondes provenant de sa petite enfance, dont Évangeline ne pouvait avoir que des soupçons. Jamais ils n'en avaient parlé entre eux, ni de son passé ni de sa manie de s'automutiler. Évangeline n'y voyait pas de mal, elle avait une confiance aveugle en Christian.

Celui-ci regardait le ciel, il parcourait le tableau bleu azur de cette peinture qui s'étendait sous ses yeux. La couleur était sublimée par les rayons du soleil qui tissaient une toile lumineuse, à la chaleur enivrante. La beauté qu'il n'avait pas trouvée dans un monde qui ne l'écoutait pas s'offrait à lui dans l'immensité de la stratosphère. Il n'avait besoin de nul mot pour communier avec l'astre qui chauffait leurs peaux. Il veillait sur eux, bénissant leur union de sa lumière. Max et plusieurs infirmiers, quatre au total, sortirent soudain du bâtiment et se dirigèrent vers le couple d'un pas vif. Alors que les autres s'arrêtaient quelques mètres, Max s'agenouilla près des amoureux.

« Bonjour les jeunes, on prend un bain de soleil ? Vous savez que vous allez finir par vraiment tomber malade avec ce vent glacial ! »

La voix de Max n'était pas aussi gaie que d'habitude, un trouble se cachait derrière ce faux ton amical.

« Évangeline, je pourrais parler à Christian, s'il te plaît ? »

La jeune fille acquiesça à contrecœur tout en se relevant. Aussitôt, les quatre infirmiers s'approchèrent et se saisirent de Christian, le maintenant au sol par chacun de ses membres. Le garçon prit peur et se débattit, cherchant de l'aide dans le regard de son ami, mais cette fois, Max était complice et même instigateur. La tristesse née de cette trahison se lisait dans les yeux effrayés de Christian et l'affliction de la provoquer, dans ceux de Max.

« Désolé mon grand, mais la femme de ménage a trouvé ça dans ta chambre », dit-il avec peine, en sortant une serviette blanche, tachée de sang séché et noirci. Au milieu se trouvait un morceau de métal recouvert d'une couche d'hémoglobine craquelée.

Max releva le t-shirt de l'adolescent qui se débattait toujours, essayant de tourner sur lui-même, soulevant son corps sans pouvoir décoller les membres du sol. Il secouait la tête comme pour supplier qu'on le laisse en paix, au moment où son ami découvrit les stigmates de sa passion pour Évangeline. Les mots de chair apparaissaient comme des plaies, pour la plupart mal cicatrisées et infectées, ce dont son aimée n'avait pu s'apercevoir au toucher. Max eut un hoquet de stupeur et serra le poing, contenant colère et peine. Il ne put retenir cependant les larmes qui noyèrent son regard désespéré. Au fond de lui, il avait compris que rien n'aiderait plus Christian et que les mesures devaient être radicales.

« Que se passe-t-il ? », intervint Évangeline, d'une voix terrorisée. Elle n'avait rien suivi de la scène muette qui venait de se dérouler, n'entendant que les contorsions de son amour et ses gémissements suppliants.

Max laissa retomber sa tête au cours d'un soupir réprobateur à la résolution qu'il venait de prendre.

« Emmenez-le à l'isolement, s'il vous plaît.

— Non ! Non ! Christian ! Ne... »

Instinctivement, elle s'était dirigée vers lui alors que les quatre hommes le relevaient contre son gré. Il tendit sa main vers Évangeline qui put la saisir un court instant. Ils s'agrippèrent à cette fragile prise jusqu'à ce que Max vienne retenir Évangeline. Les doigts se quittèrent. Évangeline perdit alors tout contact avec Christian dont elle ne sentait plus l'intensité de son amour sous sa peau.

Alors que Christian disparaissait, happé par les murs sinistres du bâtiment, Max tenta tant bien que mal de la consoler. Elle se déversait de toutes les larmes de son corps contre son épaule, trop triste pour le détester, trop faible pour se soutenir, trop blessée pour survivre.

Cela faisait deux jours que Christian avait été conduit en isolement. Ligoté par une camisole de fortune, il s'était terré dans un coin de la pièce, complètement déconnecté de la réalité. Son esprit ne se focalisait que sur l'image d'Évangeline et n'envisageait que de la retrouver. Mais le désespoir s'était ancré profondément dans ses cauchemars, lui ôtant toute force et volonté. Il laissait le temps s'écouler lentement, grain par grain, celui-ci rallongeant sans cesse l'instant qui le séparait de celle qu'il aimait. Un instant qui devenait éternité. Cette pièce développait l'angoisse qui lui nouait le ventre, celle de ne jamais la revoir. L'enfermement, la séquestration, c'était l'âme de cet endroit. Son air contenait le souvenir des dizaines de malades qui y avaient séjourné, leurs cris de souffrances, l'odeur de la peur, l'humidité des larmes et sans doute un soupçon de parfum de mort.

Christian se releva, titubant. Il se maintint accolé contre le mur qui lui servait de soutien.

Il fit le tour de la pièce, caressant de sa tête la paroi imbibée de toute l'énergie désespérée de ses prédécesseurs. Il parvint lentement jusqu'à la porte. Lourdement fermée, sans poignée de l'intérieur, un hublot restait la seule faiblesse du système. Christian se colla le visage contre cette surface froide, son souffle haletant dessinait une buée éphémère, altérant régulièrement sa vision de l'extérieur. Il se tenait sur la pointe des pieds et tendait tout son corps pour arriver à hauteur du carreau. Il laissa rouler son front contre la vitre, puis d'un geste brusque la fracassa de sa tête. Il retomba en même temps qu'une pluie de cristal. Sur son crâne le sang se mit à couler, venant l'aveugler d'un filtre rougeâtre. Un air nouveau pénétrait dans la pièce par cet orifice, il apportait l'odeur de l'espoir. Aussi Christian trouva-t-il l'énergie de se redresser et se traîna jusqu'à une lame de verre qui, par chance, avait rebondi du côté intérieur de la porte. Il se roula dessus puis frotta ses manches sur le rebord tranchant. La vieille camisole déjà usée par le temps craqua rapidement, laissant le soin à la force du jeune homme de la terrasser dans un déchirement libérateur. Christian se débarrassa de l'entrave de tissu et se saisit du poignard coupant. Il se hissa jusqu'au carreau et passa son bras par l'ouverture. S'écorchant sur toute la longueur, il gagna la poignée qu'il déverrouilla. Dans un cliquetis métallique, la porte s'entrebâilla de quelques centimètres, ceux qui le ramenèrent à la réalité, à sa réalité : Évangeline.

Il se ruait aussi vite qu'il le pouvait sans pour autant alerter le personnel de son évasion. Cette course folle et discrète rouvrait ses blessures, ses vêtements s'imbibant de sang. À chaque pause nécessaire pour vérifier si la voie était libre, il prenait le temps d'inscrire une lettre sur son front en la gravant à la pointe de son morceau de verre.

L'hémoglobine coulait de plus en plus sur son visage et s'égouttait au sol, marquant la trace de son passage, piste qui conduisait jusqu'à Évangeline.

Christian pénétra précipitamment dans la chambre et referma la porte à clef. Évangeline se réveilla en sursaut, elle recula contre le mur, en manquant de crier à l'aide.

« Qui est là ? »

Le jeune homme se rua sur le lit et se saisit de son bras ; la brusquerie du geste le fit trembler. Il appliqua maladroitement la main sur son visage. Mais la blessure n'avait pas cicatrisé et l'écriture précipitée avait superposé les lettres, sans que Christian ne le sache. Elle ne pouvait lire le mot FUIR. Les doigts d'Évangeline étaient ses yeux et ce masque de sang qui les recouvrait l'aveuglait. Pire, elle se recula et essaya de s'enfouir dans le mur. Elle tremblait comme une feuille et d'une voix suppliante, redemanda qui était là.

Christian fut frappé de stupeur, il écarquilla les paupières en direction de son amour terrorisé. Il déchira son tee-shirt et appliqua de nouveau la main de la jeune fille sur son torse, lui faisant lire les preuves de ses sentiments. Mais la viscosité du sang déformait les reliefs et la panique la paralysait. Pour elle, c'était comme si sa vue se troublait.

« Laissez-moi !, supplia-t-elle. Oh, Christian, où es-tu ? »

Le garçon se pétrifia devant la fatalité de la situation. Sous ses yeux, dans ses bras, tremblait celle qu'il aimait. Il ne comprenait pas, il était perdu, tout s'écroulait et il devenait aussi aveugle qu'Évangeline.

Déjà dans le couloir, au loin, des bruits de pas affolés se faisaient entendre. Christian le savait, ils n'auraient plus de seconde chance. Repris, il ne verrait plus jamais Évangeline. La vie sans elle n'avait plus de sens. Résolu, il se saisit du poignard de verre et le dirigea contre sa poitrine. Il n'avait pas les moyens de prononcer ses dernières paroles à son aimée. Il ne lui témoignerait plus une ultime fois son amour, il ne pourrait plus lui demander pardon et lui dire qu'il ne lui en voulait pas de ne pas l'avoir reconnu ni d'avoir fui avec lui.

Il était si proche d'elle et pourtant déjà, ils étaient séparés. Il se fraya un chemin entre les gesticulations apeurées de la jeune fille et déposa un baiser sur son front au moment où il s'enfonça le couteau dans le cœur. Il retomba sur le lit, le sang s'écoulait de son thorax. L'encrier avec lequel il avait écrit son amour se déversait peu à peu sur les draps blancs. Un râle sourd s'échappa de sa bouche lorsqu'il soupira pour la dernière fois, en fermant ses yeux sur l'image de son aimée, l'emportant comme seul bagage pour son dernier voyage.

Au-dehors, des cris se faisaient entendre, ils se rapprochaient de la chambre.

« Christian ! Christian ! »

Évangeline sursauta, comme frappée pendant son sommeil. Elle se réveilla comme d'un mauvais cauchemar, pour découvrir que la réalité était pire. Elle n'osait vérifier les preuves de cette issue fatale, elle savait qu'il s'agissait de Christian. Sa main tremblante se dirigea vers le visage de celui qu'elle aimait. Elle en dessina avec application les contours, passant outre le sang, et reconnut les traits de Christian. Ses larmes ne coulèrent que lorsque la confirmation lui fut apportée. Elle descendit lentement le long de son torse et atteint ce poignard de fortune planté au milieu.

« Mon amour... », sanglota-t-elle, en saisissant l'objet du suicide.

Elle tourna la lame de verre dans le corps, élargissant la plaie puis la retira. Elle passa une main par cet orifice béant et plongea vers le cœur de Christian. Elle le serra délicatement dans sa paume et le caressa des doigts. À sa surface s'étaient gravées les cicatrices des blessures de son âme. Elle parcourut son enfance malheureuse, elle ressentit les coups que lui portait son père. Elle comprit cette idée folle de se sentir responsable de cette violence, de la croire méritée et de continuer à se l'infliger à soi-même. Elle pleura en même temps que lui au moment où elle lut le sentiment d'abandon qu'il avait éprouvé quand sa mère l'avait mené ici. Elle s'arrêta de respirer lorsqu'elle mesura la peine endurée parce qu'elle venait de refuser de fuir avec lui, le poussant à se tuer pour qu'il ne soit plus séparé d'elle.

« Oh mon tendre amour... Qu'ai-je fait ? »

À la porte, on tapa vivement. Les infirmiers les appelaient, Christian et elle. Mais Évangeline était devenue sourde à ces cris.

« Pardonne-moi, je t'en prie, et accepte que je te rejoigne. Je ne peux vivre sans toi. Attends-moi. Emmène-moi avec toi. »

Elle reprit ce fragment de verre encore recouvert du sang de Christian puis elle le dirigea vers sa gorge. Le fil froid entailla sa peau fragile et un filet de son propre sang s'échappa, devenant cascade. Elle s'allongea sur le torse de son amour et se laissa mourir dans ses bras.

La porte s'ouvrit avec fracas et Max pénétra dans la chambre pour découvrir avec horreur et tristesse les deux corps enlacés. Il s'approcha au bord du lit et s'effondra à genoux, impuissant.

« Mes petits... J'espère que vous serez plus heureux là où vous vous rendez. »

Il plongea sa tête dans les draps pour sécher ses larmes.

Devant lui reposait le couple d'amants, le visage d'Évangeline niché au creux de l'épaule de Christian, un sourire dessiné sur ses lèvres. Elle semblait radieuse, plus rayonnante que jamais. Toutes les traces de leurs maux s'étaient effacées et rien ne les séparerait plus. Sur le torse de Christian, reposait la main d'Évangeline, elle caressait une peau blanche et pure. Les cicatrices avaient disparu, enfin guéries.

FIN

Un train pour l'éternité

La silhouette longiligne du train se dévoila au loin, dans l'obscurité naissante d'un crépuscule. D'abord de ses phares menaçants qui illuminèrent l'extrémité du quai, puis il se distingua par le reflet métallique des wagons qui constituaient ce corps étendu de serpent mécanique. Le réseau ferroviaire dessinait un système sanguin qui véhiculait à bord de ses trains la sève essentielle à la vie du pays.

Le crissement assourdissant des freins résonna sous le hall gigantesque de la gare, provoquant l'envol de quelques pigeons désœuvrés qui glanaient çà et là quelques miettes pour subsister. La lente décompression des portes automatiques donna le signal pour procéder au transit rapide des passagers. Un flux d'étrangers qui dans la grande majorité se croisaient sans jamais se connaître. Dans la grande majorité.

Marta se tenait debout sur la langue de béton qui affleurait le TGV. Depuis cinquante-neuf ans, elle guettait chaque soir l'arrivée de son mari, Dorian, avec une impatience palpable. Les yeux fixés sur la trotteuse de l'horloge, elle faisait le décompte des minutes qui la séparaient encore de ces retrouvailles quotidiennes. Maintenant que le train était à quai, elle dévisageait chaque inconnu dans l'espoir de reconnaître le plus tôt possible celui qu'affectionnait son cœur. La parade des fantômes de la gare l'entourait de son apparente froideur, indifférente au parcours d'une petite grand-mère qui tentait de se frayer un chemin à contrecourant de ces gens pressés.

« Dorian ? Dorian ! »

La farandole d'étrangers diminuait peu à peu, affolant de manière discrète Marta. Mais lorsque la locomotive se remit en marche, l'inquiétude se lut sur son visage. Le quai presque déserté ne pouvait plus lui dissimuler davantage la silhouette de son homme. Elle se retourna dans l'espoir de l'avoir manqué.

« Dorian ? »

Déambulant à la recherche de celui qu'elle aimait, assourdie par les pistons du TGV et ses propres cris, elle n'entendit pas l'avertissement soudain dans son dos.

« Attention ! »

En reculant, elle percuta une masse solide qui la repoussa en sens inverse, lui faisant perdre son équilibre, ses vieilles jambes ne supportant déjà plus de la tenir debout guère plus que quelques heures. Dans sa chute, elle sentit une paire de bras tenter de la retenir en la ceinturant, en vain. Elle s'affala lourdement sur le bitume, égarant par la même occasion ses lunettes.

« Madame ? Madame ? Vous allez bien ? Je suis vraiment désolé. »

Le choc avait été douloureux, mais cela aurait pu être pire. Elle entendait l'homme s'affairer autour d'elle, affolé par la situation, alors qu'elle-même essayait de reprendre ses esprits.

« Ça va, ça va mon garçon.

— Vous êtes sûre ? Je vais vous aider à vous relever, mais je veux être certain auparavant que vous ne vous êtes rien cassé. Votre tête a-t-elle tapé contre le sol ?

— Vous m'avez pour sûr secoué les organes, mais je peux vous assurer que je vais bien. Aidez-moi, mon garçon. »

Le jeune homme passa son bras sous l'épaule de la vieille dame et la souleva doucement pour la remettre sur ses deux pieds. Il n'osa pas pour autant la lâcher, de peur qu'elle ne rechute aussi sec.

« Nous devrions appeler les secours, suggéra l'inconnu.

— Non, je vais bien, je vous dis. De plus, j'attends mon mari, je ne peux pas quitter le quai, il va me chercher.

— Mais je ne vois plus personne ici, madame…

— Jeune homme, depuis des années, mon mari revient de l'usine par l'express de 19h47. Et si bien des choses ont changé dans notre pays au cours de ce laps de temps, ceci n'en fait pas partie.

— Alors je suppose qu'il a eu un contretemps et qu'il arrivera par le prochain train. Il reste trente minutes à attendre, vous ne préférez pas patienter au chaud, à l'intérieur ?

— Non mon garçon, je dois demeurer sur ce quai, c'est notre lieu, vous comprenez ?

Comme pour appuyer sa volonté, un réverbère à proximité s'alluma dans la nuit tombante, dévoilant de sa clarté un petit banc de bois aux lattes usées, porteuses de bien des messages gravés dans sa chair.

« Aidez-moi juste à aller m'asseoir, s'il vous plaît.

— Bien sûr. »

Bras dessus dessous, ils se dirigèrent vers le siège public et, avec précaution, l'homme y déposa Marta.

« Je vous remercie de votre sollicitude, jeune homme. Je vous souhaite une bonne soirée.

— À vous aussi, Madame, déclara-t-il encore sujet aux doutes et aux remords. »

Il s'éloigna de quelques pas, puis revint à hauteur du banc.

« Écoutez, je vais attendre avec vous le prochain train. Je me sentirai plus rassuré de vous savoir en sécurité avec votre mari. »

Sans lui laisser le choix, il s'assit à ses côtés, imposant sa présence surprenante, mais également réconfortante pour Marta qui ne cessait de s'inquiéter quant à l'absence de Dorian.

Les premières minutes furent gênantes, sous le joug d'un silence pesant. Marta fixait de nouveau attentivement la pendule bien que devenue floue sans l'intervention de ses verres correcteurs. Peu importait le dessin imprécis des aiguilles, la seule chose qu'elle constatait était l'écart grandissant qui l'éloignait de ce « 19h47 » rituel.

« Comment avez-vous connu votre mari ? » se risqua à demander le jeune homme, ressentant le besoin de divertir la dame visiblement troublée.

Il capta l'attention de son interlocutrice, qui le dévisagea avec une lueur de joie dans le regard à l'évocation de son compagnon d'une vie.

« Nous nous sommes rencontrés ici même un vendredi, le 22 mai 1953. Il était exactement 19h47, mais ça, vous pouvez le deviner. J'avais alors tout juste dix-huit ans et j'étais là pour accueillir une cousine qui venait passer quelques jours chez nous, afin de fêter mon anniversaire. Elle devait descendre du train suivant, mais excitée comme je l'étais de la revoir, j'étais arrivée bien en avance. Les wagons bondés des employés de l'usine libéraient cette foule de travailleurs pressés de retourner chez eux et ce fut justement en tentant de m'écarter de leur passage que je bousculais celui qui allait devenir mon mari. Je n'étais pas plus solide à cette époque-là que maintenant et il me renversa sur le bitume, exactement comme vous. Et malgré son bleu de travail recouvert de cambouis et ses mains durcies par l'effort quotidien, il se comporta comme un vrai gentleman. Sous des allures costaudes, emmitouflé dans une veste de tweed épaisse qui lui conférait une carrure imposante, il possédait le visage d'un ange. Une chevelure blonde dorée, suffisamment gominée pour reluire de légères teintes rousses à la lueur du crépuscule. Et des yeux. Oh mon dieu, je n'avais jamais vu un regard pareil, ni bleu, ni gris. Je dirais qu'il avait une couleur limpide. Mais le plus touchant dans son expression était son sourire timide, entre gêne de m'avoir renversée et l'amabilité de faire ma rencontre, qui égayait ses joues légèrement creuses et faisait ressortir leur rondeur naturelle, bien dissimulée sous le masque quotidien du travailleur fatigué. Même si Père m'avait appris à me méfier des étrangers, nous fîmes connaissance. Il m'invita à m'asseoir ici même, sur ce banc où nous nous trouvons actuellement. J'étais alors intimidée et je ne quittais pas mes souliers des yeux, de peur de ne pouvoir me détacher des siens si je portais mon regard sur son visage. Je lui expliquais brièvement les raisons de ma présence à la gare et il se proposa de me tenir compagnie jusqu'à l'arrivée du train suivant. »

Les traits floutés par sa vision usée, Marta ne put distinguer le sourire qui se dessina sur le jeune homme, mais elle entendit le petit soupir exclamatif caractéristique qui l'accompagna. Les similitudes de leurs rencontres n'échappaient pas à son interlocuteur d'un jour, ce qui ne manqua pas de l'amuser, elle aussi, oubliant un instant le temps qui la séparait encore de son mari.

« Je suis ravie de voir que la galanterie ne se perd pas de nos jours, ajouta-t-elle, en souriant à son tour. C'est d'ailleurs avec une élégance rare qu'il m'offrit ce jour-là son écharpe pour me protéger de la fraîcheur d'une soirée de printemps. Elle était duveteuse, un peu rêche, mais embaumait l'air d'un parfum musqué et viril. Je ne le savais pas encore, mais j'étais condamnée. À l'arrivée du train, il me laissa accueillir ma cousine et disparut de ma vie, l'espace d'un week-end. Mais le lundi suivant, je fus sur le quai, attendant avec impatience l'express de 19h47. Je tenais fermement dans ma main son écharpe lavée et repassée que je n'avais pas manqué d'asperger d'un échantillon de mon eau de toilette. Les visages éreintés défilaient si vite que je craignais alors de ne pas le retrouver ou pire, de ne pas le reconnaître. Pourtant, lorsque sa tignasse blonde émergea de l'un des wagons, je sus que c'était lui, mon cœur sut que c'était lui. Croisant mon regard, ses traits, contractés par la fatigue d'une journée harassante, se délièrent pour afficher une mine resplendissante de joie. Je me fis alors la promesse d'être celle qui ferait toujours naître ainsi cette expression heureuse. Nous nous sommes mariés deux ans plus tard, mais depuis notre rencontre, je l'attends chaque jour où il se rend à l'usine sur ce quai, à 19h47 précises.

— C'est une belle histoire ! J'ai moi-même connu quelqu'un susceptible de m'attendre sur un quai il y a quelques années, mais la vie nous a séparés. Nous nous sommes perdus de vue. »

Avec tendresse, Marta apposa sa main légèrement tremblante sur celle du jeune garçon dont la voix s'était égarée dans les méandres de la nostalgie. Le geste dévoila un bracelet étrange au poignet maigrelet de la vieille dame. Une inscription que le jeune homme ne pouvait lire en entier faisait mention d'une résidence médicale, suivie d'un numéro de téléphone. Enfin, un mot dont l'homme n'était pas sûr de la prononciation concluait la partie visible de ce bracelet de papier plastifié.

« “ Alzheimer ”..., tenta-t-il.

— Comment ?

— C'est écrit sur votre bracelet. Qu'est-ce que cela signifie ? »

Marta retira vivement son bras et tenta de tirer sa manche pour dissimuler le bracelet. N'y parvenant pas, elle plaqua son autre main dessus. Le contact froid du plastique la ramena à une époque dont elle ne se rappelait plus : la nôtre. Son visage s'éteignit aussi. Au milieu de son expression terne, les larmes commencèrent à couler.

« Madame ? Que se passe-t-il ? Vous avez mal quelque part ? » l'interrogea l'homme inquiet.

Le regard perdu, Marta détaillait, affolée, le quai. Elle semblait ne plus en reconnaitre l'horloge ni les écrans de contrôle et encore moins le panneau publicitaire aux couleurs tapageuses. Ses lèvres balbutiaient d'inintelligibles bribes de mots qui se refusaient à adopter une cohérence logique. Son esprit était le siège d'une bataille douloureuse qu'elle ne pouvait pas gagner, qu'elle ne voulait pas gagner. Aux souvenirs, elle avait mal aux souvenirs… Si la plupart des gens ont des réminiscences de leur passé, pour Marta, se manifestaient de temps à autre des réminiscences de son présent. Seules restaient les années d'un bonheur d'autrefois.

« Ne pleurez plus. Nous allons attendre votre mari ensemble. »

Marta s'effondra contre le torse du jeune inconnu, en larmes. Il hésita, mais finit par refermer doucement ses bras autour d'elle, pour la consoler. Pourtant son mari ne reviendrait pas par le prochain train, ni par aucun autre car il était mort depuis dix-neuf ans. Sans réellement comprendre les conséquences de sa maladie, Marta, dans un bref élan de lucidité, soupçonnait bien que sa réalité avait trahi le souvenir de son mari et altéré sa mort. Que pouvait-on ressentir lorsque l'homme de votre vie s'effaçait de votre mémoire furtivement, sournoisement ? De la peine ? De la douleur ? De la culpabilité ? L'esprit n'était après tout qu'une propriété du corps humain dépendante de sa bonne santé, ainsi lui aussi était sujet à une certaine forme de torture physique lors d'un dysfonctionnement.

Le jeune étranger sentait le tissu de ses vêtements s'humidifier progressivement sous les pleurs de cette pauvre femme. Il ne pouvait imaginer les sentiments que l'on ressentait à revivre cette perpétuelle annonce de décès de la part d'une mémoire vacillante, et ce à chaque retour à la réalité.

« Oh Dorian, comment ai-je pu t'oublier, sanglota-t-elle.

— Dorian ? C'est son prénom ?

— Oui. Vous voyez, c'est nous là. Nous avons gravé nos prénoms lors de notre premier mois anniversaire. »

La vieille dame se recula et désigna du doigt un graffiti inscrit dans le bois. « Marta +

Dorian » était lisible dans les veines émoussées du banc.

Devant l'inscription, le jeune homme ne put en croire ses yeux. Il caressa du bout de l'index les reliefs émoussés de l'ancienne gravure comme si un lointain souvenir refaisait surface. Malgré l'étonnement, il déchiffrait les prénoms effacés par le temps avec la même nostalgie que Marta. Il ne savait plus que croire, mais il avait le sentiment qu'il trouverait la réponse à la question informulée dans les yeux de la vieille dame.

D'un geste prévenant, il essuya du bout des doigts les larmes de Marta, découvrant dans son regard noyé quelque chose qu'il n'avait pas vu auparavant. Sa paume, délicatement, atterrit sur la joue froide de la vieille dame, légèrement surprise. Lorsqu'elle vit le jeune homme se pencher, elle crut d'abord qu'il s'apprêtait à l'enlacer de nouveau pour la consoler. Mais quand elle sentit ses lèvres effleurer les siennes, elle sursauta. L'étreinte vigoureuse la retint contre lui et si, dans la brièveté du moment, elle n'avait pas fait attention à son odeur, elle aurait sans doute tout tenté pour appeler à l'aide. Ce jeune homme possédait un parfum qu'elle connaissait par cœur, musqué et viril. Lorsqu'enfin l'inconnu se recula, Marta découvrit ses traits pour la première fois, comme si elle portait de nouveau ses lunettes. Elle crut un instant rêver, mais le contact de sa main fébrile sur le visage du jeune homme lui prouva que non. Devant elle se tenait son mari, Dorian, tel qu'il était à l'époque de leur rencontre. Il la dévisageait de ses yeux limpides, avec ce sourire timide et gêné. Elle se sentait également différente. Elle palpa ses joues délicatement rebondies. Il n'y avait aucune trace de rides et autres sévices du temps. Ses mèches gris argenté avaient laissé place à une longue chevelure de boucles châtain. Et si elle avait pu se voir dans un miroir, elle aurait surpris un regard dont les billes d'ébène captaient la lumière comme ces grandes stars hollywoodiennes d'autrefois captaient la lueur des projecteurs, avec classe et élégance.

« Dorian ? Comment est-ce possible ? Je t'attends depuis si longtemps, murmura-t-elle, la gorge nouée par l'émotion.

— Non Marta, c'est moi qui t'attends depuis si longtemps… »

À l'arrivée du train suivant, les passagers découvrirent le corps inanimé d'une vieille dame sur le banc, sous la clarté blafarde du lampadaire. L'horloge du quai ne fonctionnait plus, elle affichait « 19h47 » à la seconde près. La dame s'était endormie pour son dernier sommeil. À son cou pendait un petit médaillon en argent. Celui-ci, ouvert, dévoilait une photo en noir et blanc d'une autre époque. On y distinguait le portrait d'un jeune couple ravissant, resplendissant de bonheur.

Un couple qui s'était aimé un jour, une vie et au-delà.

FIN

REMERCIEMENTS

Quand vient l'heure des remerciements, je constate que la liste était déjà longue pour la première édition et ma reconnaissance est toujours tournée vers ces proches qui y ont contribué. Je voudrais me focaliser ici sur les personnes responsables de l'objet que vous tenez entre les mains. Pour ces minutes que vous avez accordées à cette lecture, vous serez donc les premiers remerciés chaleureusement. Mais je tiens à exprimer plus profondément ma gratitude envers les acteurs qui ont œuvré à cette réédition. Cindy, Eliane et plus spécialement Taly, des libraires passionnées qui s'engagent à défendre les jeunes auteurs et surtout les promouvoir. Tous les lecteurs qui ont pris de leur temps libre pour chroniquer l'ancienne version sur internet et permettre de propager son rayonnement et qui, au fil des rencontres, ont constitué un noyau solide de lecteurs fidèles. Bien entendu, je remercie Peggy (et son équipe) qui a parrainé cette réédition avec beaucoup d'implication et de passion, me permettant de densifier mes récits sans m'y perdre et de polir le manuscrit brut qu'avait constitué la première version de l'amateur que j'étais (et suis toujours).

Je dédie *Le mélodrame du scientifique* à Mu (et je te remercie de me suivre depuis le début !), *Pour le gain d'une épitaphe* à John, et *Sinslayer* à Marie (que tu liras dans quelques années) qui ont tous les trois remportés ce petit concours que j'avais organisé sur les réseaux sociaux.

Enfin, je remercie Cécile dont la résonnance que nous partageons fait écho à mes écrits et qui les jugent toujours sans sombrer dans la facilité.

M.G.

TABLE DES MATIÈRES

Achevé d'imprimer en avril 2013
par LIBERDUPLEX
à Sant Llorenç d'Hortons (Barcelone)